BIG LIFE

빅 라이프

빅라이프 14

우지호 장편소설

초판 1쇄 찍은 날 | 2017년 8월 31일
초판 1쇄 펴낸 날 | 2017년 9월 7일

지은이 | 우지호
펴낸이 | 예경원

기획 | 위시북스
편집책임 | 이규재
편집 | 이즈플러스

펴낸곳 | 예원북스
등록번호 | 제396-2012-000132호
등록일자 | 2012. 7. 25
KFN | 제1-140호

주소 | 경기도 고양시 일산동구 호수로 646-24 위너스21 II 빌딩 206A호 (우)10401
전화 | 031-819-9431 팩스 | 031-817-9432
E-mail | yewonbooks@naver.com

ISBN 979-11-6098-432-3 04810
979-11-5845-517-0 (set)

※ 이 도서의 국립중앙도서관 출판시도서목록(CIP)은 서지정보유통지원시스템 홈페이지(http://seoji.nl.go.kr)와 국가자료공동목록시스템(http://www.nl.go.kr/kolisnet)에서 이용하실 수 있습니다.

BIG LIFE
우지호 장편소설
14
WISHBOOKS MODERN FANTASY STORY
빅 라이프
Wish Books

빅라이프
BIG LIFE

CONTENTS

140장

테제베 탔어요

입양아의 고독이 낳은 비극, 선악의 구분이 무의미한 괴물 한 마리가 현대사회를 광란으로 물들이다

–한혜선(명경예대 문예창작학과 교수, 소설가)

월간 문단격파 9월호에는 어김없이 혜선의 글이 실렸다. 이번 기고문은 미국에서 날아든 낯선 작가의 장편소설에 대한 서평이었다. 4쪽에 달하는 지면을 차지한 이 서평은 첫 문장부터 마지막 문장까지 찬사 일색이었다.

문단격파는 문단 문학을 아끼고 사랑하는 독자들 사이에서 명망 높은 월간지다. 더불어 혜선은 단 한 줄의 글로도 문단에 영향을 끼칠 수 있을 만큼 본디 그 입지가 두터운 문학인이다. 때문에 매달 문단 문학에 실리는 혜선의 글은 그 어떤 코너보다도 인기가 높았다. 혜선을 스승으로 모시는 명경예대 문예창작과 학생들의 경우에는 두말할 나위도 없었다.

점심시간을 맞이한 명경예대 도서관.

문예창작과의 두 여학생은 나란히 앉아 문단격파에 실린 혜선의 서평을 읽고 있었다.

페이지를 넘기면서 한 여학생이 중얼거렸다.

"에이든 스미스? 예인아, 어떤 작가인지 이름 들어본 적 있어?"

"아니, 나도 생소해. 근데 읽어보고 싶다. 한혜선 교수님이 이렇게 극찬하실 정도면……. 예전에 하재건 선배님 글에도 이 정도로 칭찬 일색은 아니셨던 것 같은데."

"진짜, 그러게. 도서관에 들어왔나 찾아봐야겠다. ……어? 뭐야?"

"왜 그래?"

"20권이나 들어왔는데 전부 대여됐대. 이거 인기 많나 봐."

"수업 끝나고 바로 서점 가서 사자."

실제로 명경예대 도서관에서 '악의'의 인기는 급상승하고 있었다. 문예창작과 학생들의 존경을 한 몸에 받는 혜선의 서평이 영향을 끼친 결과였다.

그리고 당일 오후.

웅성출판그룹 편집장실에도 문단격파 한 권이 배송되었다.

핸드폰을 들고 통화하는 명석의 다른 한 손은 문단격파를 꼭 쥐고 있었다.

"네, 한혜선 교수님. 안녕하십니까, 웅성 오명석 편집장입니다. 하재건 선생님 통해서 말씀 들었습니다. 훌륭한 서평 정말 잘 읽었습니다. 아울러 마케팅 목적으로의 사용을 허락해 주셔서 다시 한번 감사드립니다."

이것으로 명석에게는 띠지에 새길 또 하나의 문구가 생겼다.

사실 문구라면 일찌감치 정해두었다.

'저명한 교수이자 소설가 한혜선이 극찬한 명작'.

2쇄부터는 아예 혜선의 서평 전문을 책 말미에 싣기로 협의 또한 돼 있었다.

"전 직원 서버 확인하시고요. 2쇄 배본 일정 차질 없도록 만반의 준비 부탁드립니다."

"네, 편집장님!"

명석은 혜선의 서평을 필두로 기존부터 해오던 격렬한 마케팅을 이어갔다. 라디오 방송, 문학 관련 잡지, 경제 신문, 인터넷 주요 포털 사이트에 이르기까지 그의 손길이 닿지 않는 곳이라고는 없었다. 시간이 흐를수록 '악의'의 존재는 다양한 매체를 통해 더 많은 독자의 뇌리에 각인되었다.

그로부터 일주일 후.

9월 둘째 주에 접어들면서 명석의 노력은 서서히 빛을 발했다. 꾸준히 입소문을 타면서 SNS에 오르락내리락하는 빈도가 부쩍 늘었다. 꼬리에 꼬리를 물고 생겨나는 독자들의 감상도 심심찮게 보였다.

"반응이 무척 좋습니다, 편집장님. 벌써 6만 부예요."

"이대로라면 2쇄도 무리 없이 소진될 것 같습니다."

기쁜 얼굴로 보고하는 부하 직원들 앞에서 명석은 웃지 않았다. 그는 여전히 배가 고팠다.

에이든 스미스의 정체는 바로 재건이다. 지금보다도 10배, 아니, 100배는 더 많은 독자에게 읽히게 만들 각오였다.

"종전대로 마케팅 계속하세요. 박 대리는 매대 점검 특별히 더 신경 쓰시고."

"네, 편집장님."

사실 명석이 썩 만족하지 못하고 있지만 '악의'의 판매량은 이미 평균 이상이었다. 아니, 신인 필명이라는 것을 감안하면 이미 대박이었다. 현재의 기세를 유지하기만 해도 한 달 안에 10만 부 전후의 판매량이 나오리라는 계산이 서 있었다.

한국 최대의 출판사라고 자신할 수 있는 웅성이다. 마케팅에 관한 노하우와 자본 또한 차고도 넘친다. 설령 초등학생의 별 볼 일 없는 일기장이라도 마음만 먹으면 베스트셀러로 만들 힘이 명석에게는 있었다. 하물며 지금 마케팅을 하고 있는 작품은 초등학생의 일기장 따위가 아니다. 한국 최고의 작가, 재건의 소설인 것이다.

"자, 다들 잠시 내려놓고 점심 먹으러 갑시다."

정오가 되어 명석은 편집부 직원들을 대동하고 사무실을 나섰다.

식당가로 이어지는 에스컬레이터에 올라탔을 때 주머니 속에서 핸드폰이 울렸다. 사랑하는 아내 유진의 전화였다.

"어, 유진아."

―점심 먹으러 가고 있구나? 주변 시끄럽다.

"직원들하고 같이 나왔어. 이제 먹으려는 참이야. 너는?"

―나도 어머님이랑 먹으려고. 아, 다른 게 아니라 조금 전에 오픈하우스 에이든하고 통화했거든. 악의 판매량 어제 자로 20만 부 달성했대.

"그래? 확실히 땅덩이가 크니까 스케일이 달라. 나랑 웅성도 더 힘내야겠어."

―당신은 지금도 아주 잘하고 있어. 아, 그리고 하나 더 얘기할 거 있어. 이상하게 프랑스 쪽에서 유독 반응이 좋아.

“그래? 프랑스에서?”

명석이 다소 의외라는 듯이 웃으며 되물었다.

현재 ‘악의’는 한국과 미국 외에 프랑스와 독일에서도 출간되고 있었다. 에이전트 유진이 힘을 발휘한 덕분에 일의 진행이 빨랐다. 그 외 유럽 여러 출판사와도 판권 협상이 이어지는 중이었다.

–악의의 감성이 어딘가 프랑스인들과도 일맥상통하는 부분이 있나 보지? 프랑스 문인 협회 회원 중 한 사람도 놀라운 신인 작가라고 아주 극찬을 했더라. 스크랩해 둔 기사 있으니까 저녁에 퇴근하면 내가 보여줄게.

“그래, 알았어. 임신한 몸으로 고생한다, 채유진.”

–그러게 말이에요. 첨단 기기가 갖춰진 시대라서 얼마나 다행이니? 인터넷 연결된 컴퓨터 하나로 방 안에서도 이렇게 척척 일할 수 있고. 그럼 이만 끊을게. 점심 맛있게 먹어.

전화를 끊고 난 명석은 직원들과 함께 한 식당에 자리를 잡았다.

각자 식사를 주문하고 난 뒤, 핸드폰을 만지작거리던 직원 한 사람이 중얼거렸다.

“악의가 또 뉴스로 나왔네…….”

“으음? 무슨 얘기예요?”

“아, 네. 편집장님, 영화감독 우재훈이 악의를 읽었나 본데요."

"우재훈이요?"

"네, 근데 여기서 또 하재건 선생님을 언급하네요."

"뭐라고요?"

명석이 한쪽 눈두덩을 가볍게 찌푸렸다.

재건에게도 그렇겠지만 그에게도 결코 달가운 이름이 아니었다. TV 토론회에 출연해 근거도 없이 재건을 비하하던 재훈의 모습이 눈앞을 아른거렸다.

"어디 한번 봅시다."

"네, 여기 있습니다."

명석이 직원의 핸드폰을 건네받아 뉴스를 확인했다.

곧이어 그의 입에서 짧은 웃음이 픕 하고 터져 나왔다. 웃지 않고는 배길 수가 없는 내용이었다.

BIG LIFE

"죄송합니다, 차관보님. 정책 토론회는 참석 못 하겠습니다."

–역시 그렇게 마음을 정하셨습니까…….

"네, 이해해 주시리라 생각합니다. 차관보님께서 난처해지실 일이 없기를 바랍니다."

차관보의 침음이 무겁게 내리깔렸다. 그 숨소리에 서려 있는 감정이 어떤 건지 알 것 같아서 재건은 넌지시 운을 뗐다.

"저기, 차관보님."

—네, 선생님. 말씀하세요.

"혹시라도 그때 일 때문에 제게 미안해하시지 마세요."

—선생님…….

"차관보님께 아무런 감정 없습니다. 설령 그 자리에 권성득 의원과 린민홍 부장이 동석한다는 사실을 미리 아셨다고 해도, 그리고 그 사실을 사전에 제게 말씀해 주시지 못했다고 해도 마찬가집니다. 그러실 수밖에 없었던 이유가 있었다고 생각해요. 진심입니다."

—그렇게 말씀해 주시니 더더욱 제가 면목이 없어서…….

"차관보님은 지금껏 제 편의를 많이 봐주셨습니다. 저를 인간적으로 대해주셨고 좋은 기억만 남아 있습니다. 제겐 여전히 무척이나 고맙고 멋진 분이십니다."

도준이 재건의 등 뒤로 다가와 어깨를 톡톡 쳤다.

재건이 돌아보자 도준은 소리 없이 입을 달싹여 '짬뽕 다 불어'라고 말했다.

"그럼 차관보님, 죄송하지만 제가 지금 급히 약속이 있어서요."

—네, 선생님. 길게 통화 끌어서 죄송했습니다. 제가 조만간 다시 연락을 드리겠습니다.

전화를 끊은 재건은 도준과 소파에 나란히 앉았다.

테이블 위에는 조금 전에 도착한 짬뽕과 간짜장이 한 그릇씩 놓여 있었다.

"넌 짜장면 안 지겹냐?"

"나 원래 새로운 동네 올 때마다 한 번씩 다 시켜먹어. 더 맛있는 집 찾으려고."

그렇게 말을 받으며 도준은 집 안을 이리저리 둘러보았다. 블랙 앤 화이트 인테리어로 꾸며진 풍경 앞에서 그의 두 눈이 감탄을 연발했다.

"너랑 사귀기 전까지 여기서 혼자 지내왔다는 거지? 확실히 수희 씨가 센스 있어. 집이 아주 깨끗하면서도 균형 잡히게 잘 꾸며놨네."

"워낙 깔끔한 걸 좋아해서."

"채린이하고는 정반대야. 이채린 이건 명색이 아이돌이라는 애가 TV에서나 이쁜 척, 깔끔한 척, 귀여운 척 난리지, 집은 아주 돼지우리가 따로 없다."

"또 과장하기는."

"과장 아니라고. 지난달 8월에 무슨 일 있었는지 아냐? 집에 가서 욕실을 여니까 썩은 내가 진동을 하더라. 손빨래하겠다고 대야에 담가둔 걸 일주일씩 놔둔 거야. 귀찮다는 이유만으로. 이 한여름에 그 물이 안 썩냐? 개판이야, 진짜."

"그만하고 얼른 먹기나 해."

식사를 마치고 난 두 사람은 그릇을 치우고 커피를 마셨다. 바쁜 일정에 짬을 내어 찾아온 도준이기에 둘이서 대화할 거리는 한도 끝도 없었다.

"악의는 어때? 좀 잘 팔리냐?"

"어, 반응이 나쁘지 않다. 오명석 편집장님이 워낙 마케팅을 잘해주시니까. 한혜선 교수님 서평도 있고."

"미국에서는? 미국에서 반응이 더 좋다면서?"

"나라도 넓고 독자도 많으니까. 근데 요상한 게 프랑스 쪽에서 유독 반응이 좋다고 하네."

"프랑스? 아, 프랑스 출판사하고도 판권 계약했다고 했었지? 네 소설 감성이 프랑스에 먹히나? 그러고 보니까 더 브레스도 프랑스에서 제법 잘나가고 있지 않아?"

"아무튼 난 모르겠다. 더 두고 봐야지."

도준이 소파에 벌러덩 드러누워서는 죽을상을 하고 말했다.

"입 근질근질해서 미치겠네. 갓작을 읽고 내 맘대로 추천하는 글 하나를 못 쓰네. 이게 자유민주주의냐?!"

"참아. 네가 추천하는 글 올리면 바로 나라는 티가 날 것 같아서 그래. 커피 한 잔 더 마실래?"

"커피는 됐고 TV나 좀 보자. 지금 바로바로썰 할 시간이다."

"그건 또 뭐야?"

"보면 알아. 리모컨 좀."

리모컨을 받은 도준이 바로 TV를 켜고 채널을 변경했다. 그가 방금 언급했던 프로그램이 이제 막 방영되고 있었다.

피둥피둥한 진행자의 얼굴이 뜨자마자 도준은 낄낄거리며 설명했다.

"이게 요즘 목숨 걸고 하는 프로그램이라고 이름 높아. 할 말 안 할 말 다 한다 이거지. 보통 연예인들 치부 드러내는 위주로 방송하는데 진짜 적나라해."

"요즘은 영화를 보자 말고 여기 꽂힌 거냐?"

"일단 봐봐. 아무튼 방송 수위 세졌다고는 하는데 진짜 이 프로그램 장난 아니게 막말해. 그리고 여기 멍청한 발언이라는 코너가 있는데 너도 보면 진짜 기겁할 거다."

도준이 말을 마친 순간, 진행자 후방의 대형 스크린이 빛을 발했다. 곧이어 도준의 예언은 현실이 되어 재건을 기겁하게 만들었다. TV 화면 가득 나온 얼굴은 다름 아닌 자신이 아닌가. 백송예술대상에서 수상했을 때 찍힌 사진이었다.

"야, 재건아. 네가 왜…… 나오지?"

"네가 틀었잖아. 내가 어떻게 알아."

어안이 벙벙해진 두 사람 앞에서 두 진행자의 대화가 시작되었다.

[하재건 작가 인기가 아주 폭발하죠? 요즘 하재건 모르면 간첩이라고 사상 검증을 한다는 유머도 인터넷에서 어렵지 않게 찾아볼 수 있을 정도구요. 사실 그런 소리가 나올 만큼 엄청나게 성공했죠.]

[네, 그만큼 적도 많을 수 있겠죠. 한국 영화계의 거장이라고 불릴 만큼 유명했던 과거를 뒤로하고 지금은 쪽박을 차 투자처를 찾는 우재훈 감독 얘기를 안 할 수가 없겠네요. 그간 우 감독이 여러 매체를 통해 곧잘 하 작가를 비판했어요. 그렇지 않습니까?]

[비판이 아니라 비난에 가깝죠. 워낙 영화보다 스트리트 파이팅에 일가견이 있는 감독님이신 만큼 혈기가 보통이 아니라고 소문이 무성하잖아요? 자, 메가폰보다 벽돌이 어울린다는 평가를 받는 우재훈 감독님의 어제 자 SNS부터 살펴볼까요?]

두 진행자의 등 뒤 스크린으로 재훈의 SNS 글이 떠올랐다.

[일단 제가 내용을 읽어드릴게요. 실로 간만에 접한 해외

신인 작가의 걸작, 이런 게 참된 소설이지, 돈만 밝히고 가벼운 글만 양산하는 모 국내 작가는 반성해야, 순위도 벌써 악의보다 아래로 밀렸네. 이렇게 적혀 있고요. 첨부된 모 대형 서점 베스트셀러 순위표를 보면 볼드체로 강조된 거 보이세요?]

[아주 잘 보이네요. 제 시력이 좌우 0.2, 0.3인데 맨눈으로도 한 번에 알아볼 만큼 하재건 작가의 소설 제목만 확실히 강조됐네요. 졸렬한 볼드체죠. 도대체 우 감독은 왜 이렇게까지 하 작가를 공격하는 걸까요?]

방송이기에 두 진행자가 명칭을 언급하진 못했으나 작가 본인인 재건은 단박에 알아보았다. 이미 옆의 도준은 핸드폰으로 재훈의 SNS를 검색하고 있었다.

"와, 진짜 어처구니가 없네. 출간된 지 한오백년이 지난 마켓 플레이스랑 악의를 비교하고 자빠진 거야? 어떻게든 널 깔아뭉개려고 발광을 하네."

"뭐, 어차피 둘 다 내가 쓴 소설인데."

팟!

곧바로 도준이 리모컨을 들고 TV를 껐다. 그와 동시에 소파 위로 벌러덩 드러누워서는 천장을 노려보며 중얼거렸다.

"진즉에 인연 끊어버리길 잘했지."

"본다면서 왜 꺼? 나 신경 쓰지 말고 봐, 그냥."

"노잼이라서 안 봐. 야, 재건아. 나 진짜 확 질러 버리면 안 되냐? 네 글이라고 밝히면 안 되냐?"

"왜 그래, 난 우 감독한테 고마운데."

"뭐가 고마워?"

"지금 저렇게 내 책 광고해 주고 있잖아. 우재훈 덕분에 하재건 안티들도 악의 떠받들어주고, 더 사주면 나야 고마운 일이지."

"난 네 사고방식 이해 못 한다."

재건이 어깨를 들썩이며 웃었다.

도준은 고개를 절레절레 젓고는 베개 깊숙이 제 머리를 파묻었다.

BIG LIFE

정말로 '우재훈 효과'가 한몫을 톡톡히 해준 것일까. 알 수 없는 노릇이지만 어쨌든 에이든 스미스의 '악의'는 하루하루 판매량에 가속이 붙어 기어코 넷째 주에는 반디 앤 루니아 베스트셀러 6위까지 올라서는 기염을 토해냈다.

웅성출판그룹 편집부는 거의 축제 분위기였다. 1위부터 10위까지의 목록에서 세 작품이 명석의 작품인 까닭이다.

오태진의 '마지막 여행'이 3위, 에이든 스미스의 '악의'가 6위, 끝으로 하재건의 '마켓 플레이스'가 오래전 출간된 작품임에도 불구하고 여전히 10위를 고수하고 있었다.

인터넷에서는 '악의'를 읽고 난 독자들의 감상이 줄을 이었다.

–세 번을 읽었어요. 오랜만에 정말 심장을 관통하는 강렬한 작품을 만났습니다. 인간이 품을 수 있는 악의라는 감정에는 한계가 없나 봐요.

–에이든 스미스 한국계 미국인인 것 같아요. 미국으로 입양되기 전 어릴 때 자기 엄마가 토마토를 설탕에 재워서 주곤 했다는 구절도 그렇고, 진짜 작가 정체 궁금하네요.

–이거 장담하는데 로맹가리 경우처럼 대문호가 필명으로 낸 소설일 확률 99,999%입니다. 절대로 신인은 아님.

–보고 있냐, 하재건? 마켓 플레이스는 이미 악의에 패배했다. 너의 시대도 한철이야. 팔리는 글만 쓰려고 하지 말고 진정한 작가가 무엇인지 고민해 보기를 바란다.

ㄴ윗분 의견은 좋은데 팩트는 확실히 전달합시다. 하재건 소설 마켓 플레이스는 한참 전에 나왔고 이미 판매량이 100만 부를 훌쩍 넘겼어요. 그걸 가지고 주간 베스트 판매량으로 비교하는 게 가당키나 합니까?

ㄴ저거 혹시 우재훈 감독 아님? 그리고 무슨 하재건이 팔리는 글만 씀?

ㄴ그러게요. 바로바로썰 우재훈 SNS 진짜 뜬금없던뎈ㅋㅋㅋㅋ 악의 얘기하면서 하재건 얘긴 왜 끌고 나오는지, 어이 상실.

한국 도서 시장이 '악의'로 한창 시끄러워지기 시작할 무렵, 미국 오픈하우스 출판사 편집장 에이든은 한 통의 전화를 받았다. '악의' 판권을 소유한 프랑스 출판사 담당자로부터 걸려온 전화였다.

"에이든 스미스의 신원에 대해 알고 싶다고요? 왜죠?"

–공쿠르상 때문입니다.

"공쿠르상이요?"

에이든이 자기도 모르게 일어서며 되물었다. 공쿠르상이 무엇인지 몰라서 물어본 것은 당연히 아니었다.

프랑스에서 가장 큰 권위를 가진 문학상이며 노벨문학상과도 고작 1년 차이의 역사를 지닌 공쿠르상. 출판 업계에서 오래도록 일해오고 있는 에이든이 모를 턱이 없었다.

–에이든 스미스 씨의 악의가 공쿠르상 1차 후보작 명단에 올라갈 예정이라서요.

"네? 그게 사실입니까?"

에이든은 벌어진 입을 다물지 못했다. 프랑스에서 유독

'악의'의 반응이 좋다는 것쯤은 알고 있었다. 하지만 공쿠르상 후보라니. 이렇게 거짓말처럼 일이 잘 진행될 수가 있는 건가.

—저희도 문인 협회 측의 연락을 받고 바로 전화를 드리는 겁니다. 추후 일의 진행 상황에 따라 미리 논의를 드리고 싶어서요. 여보세요? 에이든 씨, 듣고 계십니까?

에이든은 도무지 말을 이을 수가 없었다. 얼빠진 표정으로 사무실을 돌아보며 그는 생각했다. 내년이면 오픈하우스가 또 회사를 옮겨서 이보다도 두 배는 넓은 편집장실을 갖게 되지 않을까 하고.

오픈하우스로 날아든 반가운 소식은 한국에도 금세 전달되었다. 집에서 식사를 하던 도중 전화를 받은 유진은 그만 손에서 젓가락을 떨어뜨렸다.

"네? 공쿠르상 1차 후보에 선정됐다고요? 농담하는 거 아니죠, 에이든?"

—15작품 중 한 작품으로 선정됐어요. 에뚜왈 출판사에서 유진에게 전화 들어갈 거예요. 대단해요, 악의.

유진은 보통 놀란 게 아니었다.

공쿠르상이 어디 보통 문학상인가. 프랑스의 내로라하는 문인들이 갈망하는 명예의 정점이 아니던가.

재건은 외국인 작가로서 이토록 엄청난 문학상의 후보 명단에 버젓이 이름을 올리게 된 것이다. 그것도 몹시 빠르게.

–왜 말이 없어요, 유진?

“아, 아니…… 얼떨떨해서요.”

유진이 반도 먹지 못한 밥그릇을 밀어놓고 대꾸했다.

“프랑스에서의 호응이 좋아서 뭔가 기쁜 소식을 기대하고 있었던 건 사실이에요. 그렇지만 단번에 공쿠르라니. 우리 하 선생님 KTX 타셨네.”

–KTX? 그거 뭔지 몰라요. 뭐예요?

“아, 미안해요. 프랑스로 치면 테제베요, 테제베.”

–아아, 이해했어요. 맞아요, 우리 하 선생님 테제베 탔어요.

에이든이 유쾌하게 웃음을 터뜨렸다. 유진도 일순 임신으로 무거운 몸의 피로를 잊어버리고 환하게 웃었다.

“설령 수상하지 못하더라도 이건 굉장한 행운이에요. 공쿠르상 후보 명단에 올랐다는 사실만으로도 독자들의 관심을 크게 자극할 수 있을 테니까요.”

–맞아요, 우리 오픈하우스는 이미 내보낼 기사 작성하기 시작했어요. 판매량 또 오를 거예요. 유진도 한국에서 힘내요.

에이든과의 즐거운 통화를 마친 유진은 핸드폰을 내려놓

을 수 없었다. 사랑하는 남편에게도 바로 소식을 전해줘야 하니까. 입가의 미소가 그칠 줄을 몰랐다.

BIG LIFE

"공쿠르상 후보에 올랐다니, 어쩜……!"

수희가 벌어진 제 입을 두 손으로 가리며 놀라워했다. 그녀가 차려준 저녁을 먹는 재건의 얼굴엔 머쓱한 미소가 감돌았다.

"농담하는 거 아니지? 정말 공쿠르상 후보에 악의가 올라갔다는 말이지?"

이런 걸로 농담할 남편이 아님을 알면서도 수희는 되물을 수밖에 없었다.

재건은 식탁 위에 놓여 있던 자기 핸드폰을 그녀에게 밀어주었다.

"못 믿겠으면 직접 검색해 봐. 프랑스 문인 협회에서 기사로 올렸다던데. 너 프랑스어도 읽는 정도는 되잖아."

수희가 핸드폰을 손에 쥐고 허겁지겁 인터넷을 검색했다. 금세 해당 기사를 찾아낸 그녀의 만면에서 탄성의 빛이 강렬하게 흘러나왔다.

"대단해……! 정말 대단해……! 세상에, 공쿠르상 후보라니! 이게 얼마나 엄청난 일이니?!"

"숨넘어가겠다, 수희야. 수상한 것도 아니고 이제 겨우 1차 후보야."

"후보에 오른 것만으로도 대단한 일이지! 이 기사 좀 봐, 프랑스의 이름난 문인들도 네 작품을 인정하고 있잖아!"

"나 프랑스어 못 읽어."

수희가 옆으로 자리를 옮겨와서는 재건을 힘껏 끌어안았다. 기쁨으로 몸을 파르르 떤 끝에 그녀는 속삭이듯 중얼거렸다.

"오래전부터 믿고 있었어."

"뭘?"

"네가 대단한 작가가 될 거라고. 졸업하고 몇 년간 못 보고 살면서도 항상 생각했어. 최고의 작가가 되어서 다시 날 찾아와 줄 거라고."

거기까지 말하고 난 수희가 갑자기 고개를 들고는 재건에게 눈을 흘겼다.

재건은 겁먹은 얼굴로 상체를 살짝 뒤로 뺐다.

"갑자기 웬 분위기 전환?"

"생각해 보니까 분해서. 네가 날 찾아온 게 아니라 결국 내가 먼저 찾아갔었잖아. 그때 내가 안 찾아갔으면 너 나한테 평생 연락 안 하고 살았을걸? 지금쯤 다른 여자랑 결혼해서 잘 살고 있었을지도 모르지."

"말이 안 되는 얘기야."

"말이 안 되긴."

수희가 삐친 척 입술을 뾰족이 내밀었다. 이번엔 재건이 그녀를 품에 안고 달래듯이 등을 토닥였다.

"네가 내 뮤즈야. 너라는 존재 자체가 내게 영감을 주고 글쟁이로서 살아갈 힘을 주는데. 그래서 말이 안 되는 얘기라고 한 거야."

"능청스럽게 거짓말은 잘해."

입으로는 투덜거리는 수희지만 두 팔은 이미 재건의 허리를 감싸고 있었다. 세상 누구보다 가까운 자리에서 재건의 체온을 느낄 수 있는 삶이란 더없는 행복이었다.

141장

극찬하고 있다고 합니다

“고생 많으셨습니다, 감독님.”

“그래, 거 PD님도 수고하셨소.”

재훈이 터덜터덜 스튜디오를 나섰다. 케이블 방송 토크쇼 녹화를 마치고 난 그는 완전히 녹초가 돼 있었다. 주차장까지 걸어갈 힘도 없을 지경이었다.

‘세상에 쉬운 돈벌이 하나 없군. 으음……?’

복도 끝 저만치를 바라보던 재훈의 두 눈이 번쩍 뜨였다. 몹시 낯익은 50대의 남자가 자판기 옆에 서 있었던 것이다. 금세 얼굴을 알아보고 재훈은 소리쳐 불렀다.

“이게 누구신가! 이규원 이사님 아니셔!”

흠칫해서 고개를 든 남자도 재훈을 보았다. 반갑게 웃는 재훈과 달리 한없이 굳은 표정의 그는 영화 제작사 원필름의 대표이사 이규원이었다.

"형, 요즘 전화도 통 안 받고. 많이 바빴어?"

규원은 대답하지 않았다. 대답은커녕 오히려 재훈을 피하듯이 그 자리에서 돌아서는 것이었다.

"어어? 이규원 이사님! 왜 모르는 척해? 이봐, 이 이사! 이 이사! 아~ 규원이 형~!"

재훈의 목소리가 애원조로 바뀌었다. 그는 잰걸음으로 규원을 뒤쫓아 팔을 붙잡고 매달렸다. 비로소 규원이 걸음을 멈추고 일그러진 얼굴로 돌아보았다.

"나 바빠. 용건이 뭐야?"

"규원이 형, 왜 그래? 험난한 전장을 함께 누벼온 후배를 이렇게 매몰차게 대해도 되는 거야?"

"이 자식이, 몰라서 물어? 너 때문에 뉴던 앞에서 내 입장이 얼마나 난처해졌는지 몰라?"

"그, 그건……."

"네 영화 말아먹은 걸 왜 남 탓을 해? 왜 배급사 투자자 이간질하고 방송에서 헛말을 하냐고. 아, 됐어. 너랑 긴말하고 싶지도 않아."

규원이 재훈의 팔을 내치고 성큼성큼 걸음을 옮겼다. 당연히 재훈은 이대로 그를 보낼 수 없었다. 다시금 앞을 가로막으며 애원을 거듭했다.

"형, 그건 내가 잘못한 거야. 나도 알아. 미안해."

"사과도 하지 마, 이 자식아."

"너무 그러지 마. 형, 아직 점심 안 먹었지? 나랑 어디 가서 얘기 좀 하자. 나 형한테 하고 싶은 말도 많아."

"네가 하고 싶은 말이야 뻔하지. 말해두는데 너한테 빌려줄 돈 없어. 대출 투자자도 없어. 네 시나리오 읽을 시간도 생각도 없어."

싸늘한 한마디 한마디가 재훈의 정곡을 찔렀다.

사실 틀린 말도 아니었다. 대학 선배이자 원필름의 수장인 규원을 통해 어떻게든 활로를 모색할 생각이었으므로.

규원의 걸음은 몹시 빨랐다. 금세 방송국 건물을 벗어났고 코앞은 주차장이었다. 재훈은 한발 앞서 달려가 규원의 차를 등지고 가로막듯이 섰다.

"이 자식이, 안 비켜?"

"형, 내가 진짜 뉴던이랑 척진 거 조만간 다 풀어버릴게."

"네가 이제 와서 척진 걸 풀든 말든 나하곤 상관없어."

"다시는 안 그런다고. 내가 부주의했던 거 맞아. 제발 옛정을 봐서라도 말할 기회 좀 주라. 나 형 오랜만에 만나서 정말 반가워서 그래."

재훈이 두 손을 모아 싹싹 비벼댔다. 상황이 급하기도 했지만 상대가 규원이기에 가능한 행동이었다.

규원은 한심하다는 시선으로 한참을 바라본 끝에 한숨을 내쉬며 차키를 꺼내 들었다.

“일단 타.”

“고, 고마워. 형.”

재훈이 날쌔게 문을 열고 조수석에 올라탔다. 시동 걸린 차의 핸들을 잡고서 규원은 말했다.

“너 예전부터 말했지만 병원 가서 상담 한번 받아.”

“아, 진짜. 또 그 소리야. 나 분노조절장애인지 그딴 거 없다니까. 일이 오죽 안 풀리면 이러겠어요?”

“마음 좀 다스리고 살자, 마음 좀.”

식당에 도착한 두 사람은 자리를 잡고 마주 앉았다. 주문을 마치자마자 규원은 입을 열었다.

“너 그 파이널 갓파더인지 뭔지는 접어.”

“형……?”

“시나리오가 지나치게 허술해. 개작한다고 해도 지금 시대에 그런 코미디 안 먹혀. 코미디 주제에 마피아의 아들이란 배경이라 제작비 수급도 어렵고. 한국에서 그거 찍을 수 있어?”

규원은 참으로 딱하다는 표정을 하고 있었다.

“너 내가 그래도 선배라서 말하는 거지만 이러다 훅 가.

한 작품만 더 말아먹으면 감독 인생 종친다. 재능 있는 후배들 계속 치고 들어오는데, 어? 언제까지 네 고집대로만 아득바득거릴래?"

"알았어요……. 그런 얘긴 나중에 합시다, 좀."

이윽고 주문한 육개장 두 그릇이 나왔다.

숟가락을 들면서 규원이 지나가듯이 물었다.

"너 악의라는 소설 혹시 아냐? 요즘 꽤 핫한 모양이던데."

"악의……?"

재훈이 육개장에 후추를 치다 말고 멍한 얼굴을 들었다.

"그 에이든 스미스 악의 말하는 거야?"

"그래, 아는 모양이네."

"어, 매니저가 사와서 우연히 읽었지."

"이야기가 어떠냐, 그거?"

"드라마틱하면서도 현실적이랄까. 작품성도 탁월하고. 난 아주 재미있었어."

재훈이 솔직한 감상을 말했다.

육개장 한 숟가락을 입에 떠 넣으면서 규원은 짐짓 고개를 끄덕였다.

"근데 그건 갑자기 왜 물어보는데?"

"투자자 몇몇이 말하더라고. 영화로 만들기 딱 좋은 플롯 아니냐고. 사내에서도 심심찮게 말이 나오고."

규원의 말에 재훈은 어이없다는 듯이 손사래를 쳤다.

"어렵지, 그건. 이야기가 좋아봤자지."

"무슨 소리냐?"

"알면서 그러슈, 형은. 원작에 기댈 만한 후광이 있는 것도 아니고. 적어도 내가 만들었던 스무 살의 여름 정도는 되어야 날로 먹을……."

재훈이 말하다 말고 입을 다물었다. 그토록 증오하는 재건을 무심코 자기 입으로 칭찬할 뻔했던 것이다.

"아, 아무튼 원작이 좀 팔렸다고 해도 고만고만한 작품이야 수두룩하잖수. 그리고 미국 작가야. 판권 사기 힘들어."

"한번 알아는 보고 미국 작가라고 확신하는 거냐?"

"어?"

"투자자 말로는 그거 주인공이 한국인이라던데? 미국으로 입양된 한국인. 하필 한국인으로 설정한 이유가 있을 수도 있지 않겠냐?"

"아!"

일순 재훈은 뒤통수를 한 대 얻어맞은 기분이었다.

왜 그런 생각을 하지 못했을까.

규원의 말대로 베일에 가려진 '악의'의 작가는 재미 교포일지도 모르는 일이다. 육개장을 먹을 생각도 못 하고 재훈은 한참을 상념에 잠겼다.

"규원이 형."

"말해."

"한번 알아봐 주실 수 없겠수?"

"뭘 알아봐?"

"악의 쓴 작가 말야. 나는 감독이고 형은 제작자인데 누가 알아봐야겠수? 투자자들도 좋아한다며?"

재훈이 상체를 앞으로 바싹 숙이며 간절히 말을 이었다.

"만약 작가랑 얘기 잘 풀리면 원필름에서 나 좀 밀어주라. 돌파구 좀 만들어줘, 어? 내 잘해볼게. 우재훈 이름 세 글자 아직 투자자들 앞에서 안 죽었어. 알잖아?"

"김칫국은 나중에 마시고. 어쨌든 나도 조만간 그 책 한번 훑어보긴 해야겠는데."

규원의 말이 끝나기가 무섭게 재훈이 자신의 가방 지퍼를 열었다. 그러고는 '악의'를 꺼내 식탁 위에 턱 내려놓는 것이었다.

"나 다 읽었으니까 가져가서 봐."

"자식, 진짜 좋아하나 보네."

"이 소설은 진짜야. 근 5년, 아니, 10년 동안 읽은 소설들 중에 최고였다고. 이거 영화화했으면 좋겠다고 투자자들이 나서는 것도 당연해. 아주 그냥 읽다 보면 장면이 바로바로 떠올라."

"천하의 독불장군 우 감독께서 이렇게 극찬을 해?"

"그래, 형 말대로 나처럼 옹고집인 놈이 극찬할 만한 작품이라니까? 하하하!"

재훈이 소리 높여 너털웃음을 터뜨렸다. 에이든 스미스란 작가가 누구인지도 모르면서 벌써부터 희망으로 가슴이 들썩이는 것이었다.

BIG LIFE

선선한 바람이 감도는 10월의 첫날, 프랑스에서는 올해의 공쿠르상 후보 열다섯 작품을 공식적으로 발표했다. 에이든 스미스의 장편소설 '악의'도 거기에 확실히 이름을 올리고 있었다.

프랑스를 대표하는 일간지 프랑스 수와르, 르 파리지앵 오주르드위를 비롯해 거의 모든 지역신문에서도 일제히 기사를 내보냈다.

같은 날 미국에서도 '악의'는 여러 신문을 통해 이름을 올렸다. 지난주 L.A 타임스 베스트셀러에 진입한 것에 이어 이번에는 전미 도서 비평가 협회의 추천작으로 선택을 받은 것이다.

덕분에 한국의 명석은 책에 두를 2종의 띠지를 추가로 제작했다. 3쇄에 다다른 '악의'의 뒷면에는 계속해서 새로운 타이틀이 추가되었다.

[세계를 관통하는 악의, 프랑스 문단 최고 권위의 공쿠르상 후보작으로 선정]

[질주하는 악의, L.A 타임스 베스트셀러 진입에 이어 전미 도서 비평가 협회 추천작 선정]

새 띠지를 두르고 서점마다 입고된 '악의'는 더욱 많은 독자의 눈길을 끌고, 더 나아가 선택을 받았다.

그간 판매량도 꾸준히 누적되어 어느덧 반디 앤 루니아의 베스트셀러 순위에서도 3위를 차지하고 있었다.

한편.

재건은 단골 카페의 구석진 자리에 앉아 노트북 키보드를 두들기고 있었다. '더 브레스'가 탄생했던 이곳에서 '더 브레스' 2부를 구상하는 중이었다. 문화부 관계자들은 말할 것도 없었고 가족과 친구들까지 2부를 써달라고 난리였다.

'에드워드가 이렇게 분노하는 게 이 장면에서 설득력이 있을까. 수희가 이 장면을 재미있어 할까?'

재건은 이마를 싸매고 고심을 거듭했다. 그의 등 뒤로 바짝 다가와 선 누군가의 기척도 전혀 느끼지 못하고 있었다.

띠리링.

'……편집장님?'

노트북 화상 통화 프로그램을 통해 명석이 입장했다. 본디 업무적인 대화가 필요할 때 수시로 드나들곤 했다.

재건은 가방에서 블루투스 헤드셋을 꺼내 귀에 걸었다.

"편집장님, 저 헤드셋 꼈어요. 음성으로 말씀하셔도 돼요."

–아아, 네. 악의 3쇄 표지 뒷면이랑 새 띠지 한번 보여드리고 싶어서요. 셋 중에 어떤 게 마음에 드십니까?

"흐음, 제가 보기에는 다 좋은데요? 편집장님 보시기에 가장 좋다고 생각되시는 걸로 결정해 주세요."

–하하하, 알겠습니다. 그럼 디자인은 그렇게 하기로 하고, 사실 선생님께서 조금 놀라실 만한 소식이 있어요.

"놀랄 소식이라니 이거 듣기도 전에 불안해지는데요."

–혹시 하 선생님, 원필름이라고 들어보셨습니까?

"원필름이요……? 낯선 이름은 아닌데요."

–영화 좋아하시니까 아마 아실 겁니다. 90년대 중후반부터 꽤 굵직한 영화도 여럿 배출했는데, 최근 몇 년 동안 살짝 힘이 죽었죠. 그래도 실력 있는 사람 많고 건재한 제작사예요.

"안 그래도 지금 검색해 보고 있습니다."

인터넷에 검색한 재건이 원필름을 검색하며 대꾸했다.

검색 결과를 보니 과연 수작을 꽤나 만든 제작사였다. 대부분 재건도 본 영화였고 아직까지 좋아하는 작품도 상당수 눈에 띄었다.

"유명한 작품 많이 있네요. 이제 알겠습니다. 그런데 원필름 말씀은 갑자기 왜……?"

–악의의 작가에 대해 알고 싶다고 정보를 요청하더군요. 에이든 스미스가 어떤 사람인지 궁금하다고 말입니다.

재건이 대답 대신 두 눈을 치켜떴다.

전파를 타고 명석의 말이 이어지고 있었다.

–판권 때문이지요. 악의가 한국에서도 반응이 좋으니까 몇몇 투자자 사이에 얘기가 오갔다는 겁니다.

"악의를 영화화하면 투자하겠다는 의미인가요?"

–그렇지요. 배경은 미국이지만 주인공이 입양된 한국인이니 한국 시장에서도 먹힐 요소를 충분히 갖췄다고 생각한다는 취지로 제게 말을 했어요. 그리고 제 생각이지만 악의 곳곳에 하 선생님께서 한국인 감성을 알게 모르게 잘 녹여내신 점도 긍정적으로 작용했을 테고요.

"그렇군요……."

재건이 웃으며 말을 받았다. 일단 기뻐해야 할 일이 맞다. 한국인이라는 정체를 숨기고 해외에서 먼저 출간한 작품이다. 가장 먼저 영화화 제안을 타진해 온 곳이 한국이라는 사실에 가슴이 뿌듯했다.

–그리고 한 가지 더 중요히 말씀드릴 사항이 있습니다.

"말씀하세요."

–통화 말미에 우재훈 감독 얘기가 나왔어요.

"……?"

재건의 얼굴에서 웃음기가 희미해졌다. 이 시점에서 재훈의 이름이 언급된다는 것이 너무나 난데없는 느낌이 들었던 것이다.

"갑자기 우재훈 감독 얘기는 왜 나왔던 거죠?"

–우재훈 감독이 악의를 극찬하고 있다고 합니다. 원필름 대표와 선후배 사이예요. SNS라든가 방송에서 했던 말이 괜한 소리가 아니었던 것 같습니다.

재건이 소리 없이 한숨을 내쉬었다. 진심이든 아니든 재훈의 극찬 따위가 마음에 와닿을 리 없었다. 다만 한 가지 석연찮은 예감이 들어 그는 조심스레 물었다.

"편집장님, 그냥 갑자기 든 생각인데 우재훈 감독 얘기가 나왔다는 건 혹시……."

–선생님도 금세 눈치를 채셨군요. 네, 맞습니다, 우재훈을 감독으로 내세우려는 모양입니다.

명석의 웃음소리가 귓가로 파고들었다. 재건도 어처구니

가 없어서 웃음으로 답할 수밖에 없었다.

―직접적으로 표현하지는 않았지만 우재훈 감독에 대해 좋은 말을 어지간히도 하더군요. 혈기왕성해서 그렇지 그만큼 영화제작에 열과 성을 다하는 감독도 드물다느니…… 상업 영화에서 다 보이지 못한 우 감독의 탁월한 연출력을 무시할 수 없다느니…… 자기가 선배라서 누구보다도 잘 안다고 아주 호언장담을 해대던데 이러는 이유가 달리 뭐가 있겠습니까.

"재미있네요. 그래서 편집장님께서는 뭐라고 답하셨어요?"

―저희 측도 작가에 대한 정보가 없다고 말했습니다. 그래서 일단 미국 출판사 쪽에 연락해 작가와 논의는 시도해 보겠다고 말해뒀습니다.

"고맙습니다. 편집장님께서 말씀하신 내용대로라면 에이든 스미스가 수락할 여지는 없을 것 같지만요."

다시금 재건과 명석이 약속이나 한 것처럼 함께 웃었다.

바로 그 직후, 재건은 여태껏 통화하느라 느끼지 못했던 등 뒤의 존재를 문득 깨닫고 고개를 젖혔다. 개량 한복을 입은 노인이 우두커니 서 있었다. 당연히 바로 그를 알아본 재건의 두 동공은 한껏 확대되었다.

"저기, 편집장님. 죄송하지만 지금 갑자기 제가 일이 좀 생겨서요. 다시 전화드리겠습니다."

—알겠습니다. 그럼 나중에 다시 뵙겠습니다.

명석이 화상 통화 프로그램에서 퇴장했다.

재건은 귀에 낀 헤드셋을 빼지도 못하고 자리에서 일어나 노인을 반겼다.

"안녕하셨어요, 어르신."

"일어날 거 없어. 바쁜 모양인데."

"그렇지도 않습니다. 산책하시다 들르신 건가요?"

"산책이라…… 그렇지. 잠깐 실례해도 되겠나?"

노인이 맞은편 자리를 눈짓으로 가리키며 물었다. 재건은 즉시 고개를 끄덕이고 정중히 손짓하며 앉기를 권했다.

"차 한잔 가져다 드리겠습니다."

"차는 됐으니까 그 소설 얘기나 해보게."

"소설이요? 아……."

"어떻게 됐는가? 그대로 마무리를 지었는가?"

재건이 쭈뼛거리며 도로 몸을 앉혔다. '더 브레스' 2부 원고를 끄고 '악의' 원고를 불러들인 후, 그는 노트북 화면을 노인 쪽으로 돌려놓았다.

"변경된 부분이 있습니다. 길지 않으니 한번 결말 부분만 읽어보시겠습니까?"

"흐으음……."

노인이 어깨를 축 늘어뜨린 채 노트북 화면으로 얼굴을 들이밀었다. 장면은 '악의'의 주인공이 강물에 몸을 던지기 직전이었다.

"다 읽었네. 다음 쪽."

"네, 어르신."

재건이 페이지다운 키를 눌러 다음 쪽으로 원고를 넘겼다.

노인의 두 눈이 원고를 따라 이리저리 움직였다. 꾹 다문 입도 벌어질 줄을 몰랐다.

맞은편의 재건은 어쩐지 긴장돼서 두 손을 모았다. 이미 '악의'는 출간됐고 호평 일색이다. 그럼에도 불구하고 이 노인으로부터 어떤 평가를 듣게 될지가 몹시 기대되는 것이었다.

바로 그때, 자리를 가리고 선 파티션을 넘어 카페 사장이 나타났다.

"선생님, 죄송합니다만 많이 바쁘십니까."

"아닙니다, 사장님. 무슨 일이세요?"

"제가 이번에 새로운 상품으로 야심 차게 준비한 슈크림 케이크가 있는데요. 선생님의 입에도 잘 맞으실지 꼭 한번 감상을 듣고 싶어서 말입니다."

"아아, 네……. 케이크요."

재건이 중얼거리듯 답하며 노인을 돌아보았다. 여전히 원고를 읽느라 여념이 없는 모습이었다.

"어르신, 달달한 케이크 하나 드시겠어요?"

"난 단 거 싫어하네. 자네나 많이 먹게."

노인이 원고에서 시선을 떼는 일도 없이 조금 퉁명스러운 어조로 대꾸했다. 민망해진 재건은 사장을 쳐다보며 쓴웃음으로 양해를 구했다. 사장도 알겠다는 듯이 미간을 좁히며 웃고 있었다.

"그럼 사장님, 저만 한 접시 부탁드릴게요."

"알겠습니다. 넉넉하게 10분만 기다려 주세요, 선생님."

사장이 파티션을 지나 카운터로 되돌아갔다.

얼마 후, 원고를 다 읽고 난 노인이 고개를 들었다. 그는 한동안 두 눈을 내리감은 채 소설을 음미하듯 고개를 주억거렸다.

"좋았네."

이윽고 노인의 입에서 나온 첫마디였다. 재건의 얼굴은 즉시 환한 기쁨으로 물들었다.

"정말 괜찮으셨습니까? 사실 전에 뵈었을 때 어르신께서 하셨던 말씀을 듣고 고친 겁니다. 제가 생각해도 그대로 죽는 것보다는 이쪽이 훨씬 나은 것 같아서요."

"별 볼 일도 없는 노인네의 망언에 귀를 기울여 줬단 말이지."

"무슨 말씀을 그렇게 하십니까. 제 주변 사람들도 하나같이 입을 모아 바뀐 결말이 훨씬 마음에 든다고 해줬습니다. 희망적이고 여운도 더 길게 남는다고요."

재건은 탁자에 코가 닿도록 머리를 깊이 숙였다.

"정말 감사합니다, 어르신. 어르신께서 해주신 그 한마디 말씀 덕분에 제 소설이 훨씬 나아졌습니다."

"일없어, 고개 들게."

재건이 다시 고개를 들었다. 텅 빈 허공을 올려다보며 노인은 무심한 어조로 말했다.

"자네처럼 참으로 영특한 글쟁이가 하나 있었지. 내 제자였는데 제대로 이끌어주지 못했어."

"……."

재건은 상체를 앞으로 기울이고 두 귀를 쫑긋 세웠다. 지금껏 노인은 자신의 신상에 관해 무엇 하나 제대로 언급한 적이 없었다. 무슨 사연을 들려주려는 것일까.

"자넬 만나 이런저런 얘길 하면서 그 녀석 생각이 나 참 좋았어. 그러니 감사해야 할 건 이 늙은이지. 이만 가네."

그렇게 말하며 노인이 자리에서 몸을 일으켰다.

재건은 맥이 빠지는 기분으로 뒤따라 일어섰다.

"벌써 가시려고요?"

"오가다 또 보면 되지 뭐. 배웅하지 마. 성가셔."

노인이 찌릿해지는 눈초리로 못을 박고는 돌아섰다.

재건은 파티션 너머로 노인이 사라진 쪽만 멍하니 쳐다본 끝에 도로 자리에 앉았다. 어쨌거나 소득이 없는 건 아니었다. 추측해 왔던 대로 노인은 문인이었다.

"오래 기다리셨습니다, 선생님."

재건이 노인에 관한 상념에서 깨어나 고개를 들었다. 사장이 머쓱하게 웃으며 케이크가 담긴 접시를 테이블에 내려놓고 있었다.

"이거 처음이라 모양이 좀 우습지만 맛은 자신 있습니다."

"모양도 예쁘기만 한데요. 어디 한번 먹어보겠습니다."

재건이 포크로 케이크 한쪽을 떠 입에 넣었다. 싱그러우면서도 달콤한 맛에 절로 미소가 피어났다.

"아주 맛있는데요."

"정말이십니까?"

"네, 제가 요리 품평을 전문으로 하는 사람은 아니라서 어떻게 달리 표현은 못 하겠지만요. 그저 달기만 한 것이 아니라 식감도 부드럽고 여하튼 참 맛있습니다. 이거 잘 팔리겠어요."

쟁반을 가슴에 안고 선 사장은 싱글벙글했다. 맛있게 드시란 말을 남기고 돌아서던 그는 뒤늦게 생각이 났다는 표정으로 재건에게 물었다.

"저기 선생님, 이거 오지랖인 것 같아 죄송하지만 통밀 케이크도 있는데 하나 가져가시겠습니까?"

"네? 아, 혹시 아까 전 그 일 때문이시라면 괜찮습니다."

재건이 귀에 착용하고 있었던 블루투스 헤드셋을 빼며 대답했다. 사장은 자기 뒷머리를 긁적이며 고개를 끄덕였다.

"제가 보니까 단 걸 별로 안 좋아하시는 것 같아서요."

"괜찮습니다. 언제 또 뵙게 될지도 모르는 분이라서요."

"아, 그러셨구나. 알겠습니다. 그럼 맛있게 드세요."

사장이 돌아가고 주변은 다시금 조용해졌다.

재건은 노인이 남기고 간 말을 곱씹으며 한 접시의 케이크를 천천히 먹었다. 그런 다음 다시금 '더 브레스' 2부 구상에 빠져들었다.

노인에게 칭찬을 받은 덕분인지 열 손가락에서 기운이 샘솟고 있었다.

142장

악의로 물든 자들의 도시

'악의'는 무탈하게 공쿠르상 2차 후보작에 선정됐다.

4쇄에 돌입한 '악의' 뒷면에는 자연스레 새로운 한 줄이 추가되었다. 띠지 또한 하나가 더 생겨난 것은 말할 필요도 없는 일이었다.

최종 후보작은 10월 25일에 발표된다. 그리고 시상식은 바로 다음 달인 11월 2일 프랑스 파리의 드루앙이라는 이름의 레스토랑에서 열린다. 일반 시민도 식사하러 출입할 수 있는 이 레스토랑은 공쿠르상을 수여하는 전통적인 장소인 것이다.

"상금이 한화로 고작 15,000원이라니."

고전 영화가 방영되는 TV를 바라보며 수희가 중얼거렸다.

그녀의 무릎을 베고 모로 누워 있던 재건은 피식 웃음을 터뜨리며 말을 받았다.

"그러게. 적어도 수상자가 파리에서 유명한 오믈렛 한 접시는 먹을 만큼 줘야지. 아니, 오믈렛 한 접시 정도는 15,000원으로 가능하겠는데. 아무튼 상징적인 의미니까."

"그래, 그냥 상징이지. 대학 시절부터 배워서 알고 있었던 건데, 내 남편이 후보로 오르고 나니까 새삼스런 느낌이 마구 마구 드네."

수희가 상체를 굽히고 재건의 뺨에 쪽 소리가 나도록 입을 맞췄다. 재건도 돌아누워서는 수희의 셔츠 자락을 올리고 맨살의 배에 입술을 들이밀었다. 수희는 간지러움을 참지 못하고 재건을 밀어내며 킥킥거렸다.

드르륵!

핸드폰이 울리며 명석으로부터 메시지가 날아들었다. 내용을 보니 웬 인터넷 포털 카페의 주소 링크였다. 재건은 고개를 갸웃거리며 링크를 클릭했다.

[악의로 물든 자들의 도시]

"아니, 뭐야 이게……?"

재건은 순간적으로 등골이 서늘해졌다. 검은 바탕에 피처럼 검붉은 문구는 한눈에도 불길하고 음산한 인상이었다.

"뭔데 그래?"

"오명석 편집장님이 카페 링크 보내주셔서 들어왔는데. 이건 무슨 카페기에 카페명이 이렇게 살벌해?"

재건이 중얼거리며 스크롤을 아래로 내렸다. 길게 이어지는 카페 게시판 목록을 보고 그는 곧장 입을 다물었다. 놀란 것은 수희도 마찬가지였다.

"어머, 재건아. 이거 악의 독자들 모임 아냐?"

"어, 그러게……."

"회원 수가 벌써 2만 명? 세상에, 핸드폰 이리 줘. 가입하고 내가 직접 훑어볼래. 아니, 아니지. 네 아이디 말고 내 폰 내 아이디로 가입해야지."

수희가 부랴부랴 재건을 밀어내고는 일어섰다.

그녀가 자기 핸드폰을 찾으러 자리를 뜬 사이 재건은 명석에게 전화를 걸었다.

–네, 하 선생님. 벌써 다 둘러보셨어요?

"아니요, 아직 제대로 둘러보지는 못했어요. 이런 카페가 다 있었네요. 전혀 몰랐어요."

–죄송하게도 저도 오늘에서야 알았습니다. 그것도 한 독자분이 회사로 전화를 해준 덕분이에요. 카페 좀 둘러보시면 아시겠지만 다들 최소한 재미 교포일 거라고 추측하는 분위

기예요.

명석의 목소리에서 여느 때보다도 기운이 넘쳤다.

–공쿠르상 2차 후보 통과했다는 뉴스가 알려진 뒤로 회원수가 급증했답니다. 독자들 반응이 굉장합니다. 에이든 스미스는 전작조차 하나 알려진 게 없는 완전 생소한 작가인데요.

“네에, 하하하…….”

–그래서 제가 참, 하 선생님 성격을 알면서도 한 가지 조심스레 제안을 드리고 싶어서요.

“제안이요?”

–네, 악의 카페 독자들을 위해서 한마디 말씀이라도 해주시면 어떨까 싶습니다. 하재건 작가가 아닌 에이든 스미스로서요. 내용에 따라 다르겠지만 꽤나 이슈가 될 거고 더 많은 사람이 악의를 읽게 될 텐데요.

명석은 재건의 대답을 기다리지 않고 덧붙였다.

–당연히 하 선생님께서 부담스러우시면 안 그러셔도 됩니다. 우선 오늘밤에는 카페 한번 차분히 둘러보시죠. 재미있는 글이 많더라고요.

“알겠습니다. 그럼 한번 구경해 보고 내일 낮에 다시 전화드릴게요.”

–아, 선생님. 죄송하지만 내일은 제가 정책 토론회 때문

에 전화를 받지 못할 수도 있어서, 제가 저녁에 다시 연락을 드리겠습니다.

"맞다, 정책 토론회가 내일이었죠. 윤태성 감독님이랑 이은하 감독님도 참석하시게 됐다면서요?"

—네, 저도 연락했습니다. 감독 커플의 등장이군요. 그 두 분 관계도 조만간 결실을 맺을 것 같습니다. 하하하.

전화를 끊고 난 재건은 수희와 함께 '악의로 물든 자들의 도시' 카페를 구경했다.

진심이 담긴 독자들의 애정을 느끼면서 재건은 결정했다. 에이든 스미스의 이름으로라도 이들에게 화답을 해줘야겠다고. 그래서 키보드를 두들기기 시작했다.

타다다닥! 타닥!

"뭐 쓰는 거야, 재건아?"

"에이든 스미스가 독자에게 보내는 편지 번역하고 있어."

열 줄이 조금 넘는 글을 완성하고 마침표를 찍는 순간까지도 재건은 알지 못했다. 감사의 마음을 담아 소박하게 작성한 이 편지 하나에 일파만파로 일이 커지리라는 사실을.

BIG LIFE

"준비 다 끝난 거야?"

"응, 이대로 나가면 돼."

태성과 은하는 일찌감치 집을 나섰다. 10시부터 시작되는 정책 토론회에 참석하기 위해서였다. 두 사람 다 평소 선호하는 편안한 복장 대신 말끔한 정장을 입고 있었다.

"왜 웃어?"

차에 올라 시동을 걸던 태성이 물었다. 조수석에서 안전벨트를 끌어내리는 은하의 입가에 미소가 걸린 것을 보고 한 질문이었다.

"그냥. 이보다 더 좋을 때가 앞으로도 생길까 싶어서."

"……쓸데없이. 출발한다."

아파트 단지를 벗어난 차가 대로로 섞여들었다. 라디오에서 마침 흘러나오는 샹송이 무르익어 가는 가을의 정취를 한결 더했다.

"내년 봄 되면 바로 할까."

태성이 무심히 전방을 주시하며 물었다. 은하가 고개를 돌리자 그는 짧게 덧붙였다.

"결혼."

"작품 들어가게 되면 어떡하게?"

"몇 시간이면 끝나는 결혼식 치를 시간도 없을까."

"하긴 그렇지."

"어쩔래?"

"그래, 그럼."

"예약한다."

"어."

대화는 그것으로 끝이었다. 이들을 잘 아는 재건조차 곁에 있었다면 어이없어 할 말을 잃었을지도 모른다. 어쨌거나 낯간지러운 것들과는 거리가 먼 태성의 프로포즈는 성공했다. 은하도 그와 비슷한 성향이라 다행이었다.

"아, 어제 일 마치고 악의 다 읽었어."

은하가 문득 생각이 났다는 얼굴로 말을 꺼냈다. 라디오에서 흘러나오는 샹송이 잦아들고 있었다.

"어땠어?"

"영화화하고 싶더라. 딱 내 취향에 직격이랄까. 해외로 입양된 한국인들 얘기도 꼭 한번 다뤄보고 싶은 소재이기도 했고."

"또 사회문제 거론할 줄 알았지."

"암튼 정말 잘 쓰셨어."

"아무렴, 공쿠르상이 아무 작품이나 후보로 올릴까."

여의도로 진입한 차가 속도를 높였다. 지금 이 순간 태성과 은하는 세상에서 부모님 다음으로 고마운 한 사람을 떠올리고 있었다.

국회의원회관 제2세미나실.

오전 10시 정각이 되자 환영사와 함께 정책 토론회가 시작되었다.

좁지 않은 세미나실 내부는 사람들로 그득했다. 성득을 비롯한 문방위 소속 국회의원 세 사람, 문화부 차관과 차관보, 전문가 토론을 위한 교수, 감독, 작가들이 일렬로 진을 이루고 있었다.

일반 좌석에도 빈자리라고는 보이지 않았다. 사전에 참석을 희망하고 찾아온 70여 명의 콘텐츠 산업 관계자는 태반이 앉지도 못하고 서 있었다.

"더우세요, 아버지?"

환영사가 끝날 즈음 명석이 물었다.

태진이 괜찮다는 표정으로 고개를 가로저었다. 그러면서 손수건을 꺼내 땀에 젖은 목덜미를 훔쳤다.

'왜 이렇게 긴장하신 것 같지.'

명석의 근심은 적지 않았다. 날이 갈수록 태진의 기색이 심상치가 않은 것이다. 당당하고 쾌활하던 모습을 마지막으로 본 것이 언제인지 까마득했다. 태진은 여전히 하루가 멀다 하고 악몽을 꾸었으며 불안한 시선도 수시로 둘 곳 없이 흔들리곤 했다.

명석은 혼란스러웠다. 사랑하고 존경하는 아버지를 괴롭히는 것이 무엇인지 알 길이 없어서.

어떻게 봐도 지금은 아버지가 기쁘고 즐겁기만 해야 할 시기였다. 산고 끝에 내보낸 '마지막 여행'이 문단과 독자들로부터 갖은 찬사를 받고 있다. 베스트셀러 1위의 영예도 조만간 어렵지 않게 획득할 터였다.

재건의 악의보다도 확실히 잘 팔리고 있었다.

문화관광부 차관과 국회의원 성득의 축사가 이어졌지만 명석의 귀에는 전혀 들려오지 않았다. 태진은 여전히 땀을 훔치는 중이었고, 보다 못한 명석은 축사가 끝난 틈을 타서 다시금 물었다.

"아버지, 혹시 몸이 편찮으세요?"

"아니다. 저 기조 발제하는 양반은 누구시냐?"

"콘텐츠진흥원 양호석 씨요. 지난달에 보시지 않으셨어요?"

"그런가, 그래…… 그랬지, 이거 나도 참."

"정말 괜찮으신 거예요, 아버지?"

"괜찮다니까 계속 그러는구나."

명석은 더 말을 붙이지 못하고 입을 다물었다.

시간이 흘러 1부가 끝났다.

10분간의 휴식 시간을 가진 다음 본격적인 전문가 토론이 시작되었다. 정부, 학계, 산업계 대표자가 각각 한 사람씩 나서 준비한 견해를 제시했다.

명석은 표정으로만 경청하고 있었다. 토론인데 공방이 없었다. 다들 당신 말도 옳고 내 말도 옳다는 식이었다. 오늘도 유명무실한 정책 토론회로 끝나리라는 건 처음부터 예상하고 있었지만 하품이 나오는 건 어쩔 도리가 없었다.

'이렇게 무의미한 토론회가 사회의 누군가에게는 어떻게든 의미가 된다는 것이 참…….'

새삼스레 생각하는 명석의 시선은 성득과 재훈을 담고 있었다. 토론회가 시작되기 전부터 두 사람은 죽이 맞았는지 한껏 웃으면서 어울리고 있었다. 그 모습만으로도 명석은 불길한 기분이 들었다.

이윽고 토론회 마지막 순서인 질의응답 시간이 도래했다. 제법 이완된 분위기 속에서 다양한 질문과 답변이 오갔다. 한 방청객의 입을 통해 재건에 관한 얘기가 나오기까지는 오랜 시간이 걸리지 않았다.

"문화부 차관님께 여쭤보고 싶습니다. 재능 넘치는 작가를 국가적 차원에서 지원해 주는 방책은 구체적으로 생각해 보신 것이 있는지 궁금합니다. 토론회 내내 전혀 듣지를 못해서요."

"그건……."

"예를 들면 하재건처럼 대단한 작가들을 일찌감치 알아보기 위한 그런 제도 말입니다."

마침 의자에서 엉덩이를 떼고 있던 성득이 몸을 흠칫 떨었다. 지루해서 조용히 자리를 뜨려던 찰나에 재건의 이야기가 나온 것이다.

방청객의 말이 계속되었다.

"하재건 작가 사무실의 동료 작가 중 한 사람이 블로그를 운영합니다. 이연우라는 작가인데 데뷔 이전부터 하재건의 굉장한 애독자였다고 하더라고요."

"저기, 잠깐만요."

갑자기 재훈이 말을 끊고 나섰다. 재건에 대한 이야기가 나온 시점부터 그의 표정은 반쯤 썩어 있었다.

"시간이 길지 않으니 요점만 간단히 합시다."

"죄송합니다. 아무튼 블로그를 보면 하재건 작가가 유명해지기 이전 어떤 생활을 해왔는지 자세히 나와 있습니다. 생활고가 극심했고 작가의 꿈을 포기해야 하나 수도 없이 번민했다고 합니다."

방청객이 마른 목으로 침을 한 번 넘기고는 말을 이었다.

"오늘 정책 토론회의 주된 내용이 그랬듯이 콘텐츠 산업은 자원도 없는 한국에서 특히나 중요한 자산입니다. 만약 당시에 하재건 작가가 글을 포기했다면 지금 수많은 독자의 심금을 울리는 그의 작품들도 세상에 나오지 못했을 거라고 생각합니다. 저는 그런 부분을 걱정하는 겁니다."

듣고 있던 은하는 박수라도 쳐 주고 싶은 심정이었다.

객관적으로 따지자면 방청객의 의견은 작가의 입장에만 편향된 구석이 없지 않았다. 다만, 과거 그 어떤 작가들보다도 극한 생활고를 겪었던 은하는 논리 이전에 사람으로서 마음이 울렸을 뿐이다. 당시 태성이 찾아와 주지 않았다면 영양실조로 아사했을지도 모른다.

은하가 꿈만 같은 과거를 되짚고 있는 그즈음, 잠자코 듣고 있던 재훈이 입을 열었다.

"지금 말씀하신 분께서는 종사하시는 일이……?"

"시인입니다. 직장 생활과 병행하고 있지만 협회와 연이 있어 참석하게 됐습니다."

"아아, 시인이시군요. 시인께서 하재건 작가를 예로 드시니 조금은 의외네요."

"의외라니요? 무슨 의미인지 모르겠습니다."

방청객이 뜸도 들이지 않고 즉각 되물었다.

재훈은 괜히 좌우를 둘러보고는 헛기침 끝에 대답했다.

"별 뜻이 아니라 속한 분야가 다르지 않습니까."

"제가 시를 쓰고 하재건 작가는 소설을 쓴다 이 말씀이십니까?”

“뭐 그런 것도 있지만 하재건은, 아니, 하재건 작가 소설은 보자…… 이렇게 표현하면 조금 저기한 감이 없지 않지만 가벼운 소설 아닙니까.”

방청객의 얼굴이 일순 멍해졌다. 하지만 이내 본래의 확고한 표정으로 되돌아와서는 재훈의 말을 받았다.

“저는 문단 문학이고 하재건 작가는 장르 문학이니 접점이 없다는 의미로 하신 말씀이신가요? 지금 감독님께서 하신 가벼운 소설이란 표현은 장르 문학를 지칭하는 것 같은데요.”

“뭐, 부정은 하지 않겠습니다.”

“그래서 감독님께서는 무슨 말씀을 하시고 싶으신 건가요?”

“네?”

“저는 애초에 문화부 차관님께 질문을 드렸던 겁니다. 그리고 우재훈 감독님이 대신 제 말을 받으셨고요.”

“아…… 음…….”

“혹시 하실 말씀이 준비되지도 않은 상태이셨던 건가요?”

재훈의 낯 위로 발끈하는 기색이 스쳐 갔다. 방청객은 기죽지 않고 꼿꼿하게 할 말을 이어갔다.

“저도 감독님께 맞춰 잠시 외람된 말씀을 드리자면 가벼운 작품도 가벼운 작품만의 의미가 있습니다. 그리고 하재건 작가는 감독님께서 말씀하시는 가벼운 작품만을 쓰지도 않았고요."

말미의 억양에 비꼬는 기색이 다분했다.

재훈은 더 참지 못하고 평소의 혈기를 벗 삼아 반박했다.

"하재건 초기작을 말씀하시는 모양인데 그것도 한철이요. 작가의 재능에 한계가 있다는 거지. 지금 줄기차게 써내고 있는 소설을 봐요. 과거의 그런 작품성을 찾아볼 수나 있소?"

"감독님께서 말씀하시는 작품성의 기준점이 무엇인가요?"

재훈의 속이 부글부글 끓어올랐다. 문득 시선이 자기 가방으로 향한 그는 바로 지퍼를 열고 책 한 권을 꺼내 들었다.

"이런 거요!"

재훈이 손에 든 책을 높이 치켜들었다.

모두의 시선이 책으로 향했다. 에이든 스미스의 '악의'였다.

"아마 오늘 참석하신 여러분 중에서도 읽어보신 분 꽤나 계실 겁니다. 이 작품은 인간이 통째로 담겨 있어요. 문단에서 공정하기로 소문난 모 교수도 극찬을 했더이다. 적어도 무릇 작품이라면 이 정도는 되어야 하는 거 아닙니까? 예를 들자는 겁니다, 예를."

방청객이 대답할 틈도 없이 재훈이 속사포처럼 말을 이었다.

"툭 터놓고 이야기해 봅시다. 그래요, 확실히 하재건 작가의 초기작들은 지금에 비해 밀도가 높았던 건 인정합니다. 하지만 화제가 된 게 그것 때문이었을까요? 그저 한 사람의 작가가 문단과 장르 양쪽에서 좀 화제가 돼서 유명해진 거였다고 생각하는데요. 양쪽 모두 성과도 고만고만하지 않았습니까? 제 기억엔 그렇습니다."

"우 감독님의 기억이 왜곡된 것 같습니다. 그리고 백번 양보해 멍청한 여자로 수상한 디지털문학상은 그렇다 칠게요. 하지만 질풍노도에 상을 안겨준 현대청년문학상은 고만고만하다고 표현할 길이 없는 한국 문학상 최대의 영예인데요."

부르르 떠는 재훈을 직시하며 방청객은 덧붙였다.

"스무 살의 여름 영화를 만드셨던 우재훈 감독님께서 하재건 작가에 관해 이런 의견들을 늘어놓으신다는 게 저야말로 상당히 의아합니다."

"필요한 말만 합시다!"

언성을 높인 재훈이 벌건 얼굴로 생수를 벌컥벌컥 들이켰다.

방청객은 토론을 포기한 얼굴로 일어서고 있었다.

그 와중에 성득이 짐짓 온화한 미소로 나섰다.

"국익을 위해 모인 자리에서 너무들 흥분하십니다. 근데, 조금 전 우 감독께서 꺼내신 그 악의 말입니다. 작가가 한국인이라는 소문이 있다면서요?"

"아, 네. 의원님. 소설의 주인공이 한국에서 태어나 미국으로 입양된 사람입니다. 그렇다 보니 아마 재미 교포가 아닐까 그렇게 추측하고 있습니다. 의원님께서도 읽어보셨습니까?"

"명색이 문방위 의원인데요. 이슈가 된 소설을 안 읽어볼 수 있겠습니까. 허허허."

"하하하."

모두가 무표정한 가운데 두 사람만 웃음을 터뜨렸다. 그리고 다시 성득이 말했다.

"참으로 좋은 작품이었습니다. 상업적인 이유만을 추구하고 시간이 지나면 잊혀져 버리는 여타 작품들과는 수준 자체가 달랐어요. 괜히 프랑스 공쿠르상 후보에 오른 게 아니었어요."

"의원님의 말씀에 적극적으로 공감하는 바입니다."

"에이든 스미스라는 작가가 한국인이라면 얼마나 기쁘겠습니까. 이런 대단한 작품을 써내는 작가들을 위한 예산은 얼마든지 준비해야지요. 진정한 작품으로 한국을 전 세계에 널리 알리기 위해서라도 말입니다."

"역시 문방위를 대표하시는 안목이십니다."

질의응답의 취지는 안중에도 없었다. 북 치는 성득과 장구 치는 재훈 앞에서 방청객은 할 말을 잃었다. 태성과 은하도 관심을 끄고 딴생각에 빠진 지 오래였다.

재훈이 성득을 바라보며 말을 이었다.

“그리고 이걸 이 자리에서 말씀드리게 될지는 몰랐는데요. 제가 사실 지금 악의 작가와 영화화를 논해보려고 협상을 진행 중에 있습니다. 좋은 원작이 탐나는 건 어쩔 수 없는 일이지요.”

“어허, 그래요?”

성득이 짐짓 놀랍다는 듯이 두 눈을 치켜떴다.

태성과 은하는 황당하다는 표정으로 서로를 쳐다보았다. 두 사람은 에이든 스미스가 재건이라는 사실을 안다. 더불어 재훈의 저 말이 허언에 지나지 않는다는 것도.

한편, 명석은 서늘하기 짝이 없는 표정으로 성득과 재훈을 바라보고 있었다. 어떻게든 재건을 깔아뭉개려는 의도가 훤히 보인다. 지금까지 겪은 정책 토론회 중 단연코 최악이었다. 곁에 아버지가 계시지 않았다면 벌써 면박을 날렸을지도 모른다.

메일이 날아든 주머니 속의 핸드폰이 몸을 떨었다. 명석은 핸드폰을 꺼내 메일함에 접속했다. 재건으로부터 날아든 그 메일은 ‘악의’ 독자들을 위한 편지 원고였다.

143장

정말 한국인인가

[국회의원 권성득, 정책 토론회서 콘텐츠의 중요성 강조하며 에이든 스미스의 장편소설 '악의' 언급]

[영화감독 우재훈, '악의는 진정한 걸작, 감독으로서 욕심나지 않을 수 없는 작품']

[우재훈 차기작, 공쿠르상 후보작 '악의'로 결정됐다?!]

[SNS에 퍼지는 정책 토론회 참여자들의 후기, 권성득 의원과 우재훈 감독이 하재건 작가 공격?]

[4쇄에 다다른 '악의' 다시금 판매량 급물살, 정책 토론회에서 이름 올린 영향?]

[공쿠르상 최종 후보 명단을 목전에 둔 '악의', 계속해서 쏟아지는 각 계의 극찬]

'악의'는 다시금 판매량에 가속을 붙이기 시작했다. 대부분 관심을 가지지 않는 정책 토론회에 이만큼 관심이 쏠린 것은 참여자들의 후기를 접한 네티즌들 영향이 컸다.

특히 한 네티즌은 후기가 돋보였다. 그는 하재건과 에이든 스미스라는 두 작가로 대립각을 세운 질의응답 시간을 상세히 묘사했다. 이 후기는 순식간에 인터넷 각지로 퍼졌고 '악의'의 판매량을 상승시키는 원동력이 되어주었다.

"우재훈이 진짜 악의 감독 맡고 싶어서 난리가 났네."

핸드폰을 들여다보며 도준이 차갑게 내뱉었다. 휴일을 맞아 재건의 집에 놀러온 참이었다.

"초조하겠지. 공쿠르상 2차 후보까지 통과했고, 만약 수상한 후엔 더더욱 판권 구매가 요원해질 수도 있다고 생각할 테니까."

재건이 희미한 미소로 말을 받았다.

실상 도준의 추측대로였다. 원필름은 매일같이 웅성 편집부에 판권 구매를 목적으로 전화를 해대고 있었다.

"야, 재건아. 근데 솔직히 골 때리지 않냐. 우재훈이랑 권성득이 떠들어 댄 덕분에 악의 판매량 오르고 있는 거. 나중에 이거 네가 쓴 거 알면 이 인간들 표정이 어떻게 되겠냐. 어제 그거 생각하면서 채린이랑 배 잡고 웃었다."

"그래, 고마워서 나중에 햄버거 기프티콘이라도 하나씩 보내드려야겠다."

그렇게 말을 받는 재건은 '악의' 독자들이 모인 카페를 들여다보고 있었다. 2만 명이었던 악의로 물든 자들은 어느새 두 배인 4만 명을 넘기고 있었다.

악의로 가득해지는 세상?

절로 웃음이 터지는 재건이다.

"처형장 던전은 이렇게 가는 걸로 결정하죠. 자, 오늘 회의 끝. 다들 수고하셨어요."

"팀장님도 수고하셨습니다."

기획 팀 직원들이 하나둘씩 회의실을 빠져나갔다.

수희는 일어나지 않고 노트북 키보드를 두드렸다. 회의 중 간략하게 메모해 두었던 중요 사항들을 다시금 깔끔하게 정리하는 것이다. 집중한 탓에 등 뒤에서 문이 열리는 소리도 듣지 못했다.

"오늘도 이 팀장님 혼자만의 회의를 계속하시네."

"아, 이사님."

수희가 웃으며 돌아보았다. 퇴근할 준비를 마친 규호는 겉옷을 한 팔에 두르고 있었다.

"처형장 던전이야?"

"네, 애셋 정리 좀 하느라고요. 이제 다 끝났어요."

"본의 아니게 방해한 느낌이 드는군."

"그렇지 않아요. 잠깐만 기다려 주세요. 5분이면 되니까요."

"천천히 해. 아직 시간 많이 남았어."

두 사람이 서로를 부르는 호칭은 예전과 다름이 없었다. 각자 아주버님과 처남댁이라는 말이 도저히 입에서 떨어지질 않는 것이다. 그나마 이제 둘이 있을 땐 규호가 말을 놓는다. 이것도 수희가 여러 차례 부탁한 끝에 얻어낸 변화였다.

"기획 팀 혜미 씨 말인데."

규호가 의자를 빼고 앉으며 입을 열었다.

수희는 계속해서 타자를 두드리면서도 두 눈을 그에게로 향했다.

"최근 들어 무슨 일 있나? 표정이 영 어딘가 멍해서. 그냥 내 착각인가."

"착각하신 건 아닐 거예요. 요즘 들어 잦은 실수가 좀 늘긴 했어요. 말도 많이 없어졌고."

"집에 무슨 일이라도 생긴 거 아니야?"

"안 그래도 조만간 한번 조용히 물어볼 생각이었어요. 오래 같이 일해왔는데 저도 신경이 쓰이더라고요."

"그래 뭐, 게임 기획이든 직원 관리든 워낙 이 팀장이 알아서 잘하니까."

"그렇게 칭찬만 마시고 연봉을 올려주세요."

"차라리 이 팀장이 이사직 맡지. 내가 팀장 할 테니."

주고받는 농담 끝으로 웃음이 터졌다. 단순한 직장 동료를 넘어서게 된 두 사람은 가족적으로도 나날이 친밀해지고 있었다.

"이제 다 끝났어요. 서버 올리고 가방만 챙겨서 나오면 돼요."

"천천히 해도 된다니까."

이윽고 규호와 수희가 나란히 사무실을 나섰다. 마침 사무실에는 야근 때문에 그래픽 팀 직원이 몇몇 남아 있었다.

그중 한 여직원이 부러움 가득한 눈으로 수희의 뒷모습을 바라보며 긴 한숨을 내뿜았다.

"드라마에서나 볼 법한 일이 내가 일하는 사무실에서도 일어날 줄은 꿈에도 몰랐네."

"갑자기 무슨 소리야?"

"이수희 팀장님이 너무 부러워서 배가 아프다는 소립니다."

"또 그 얘기였어? 오 대리 농담처럼 하는 푸념도 반복되면 진짜 병 된다? 진정하시고 도트나 실수 없이 찍으시죠."

가만히 듣고만 있던 끝자락의 신입 직원이 끼어들었다.

"근데 오 대리님. 드라마에서나 볼 법한 일이라고 하셨는데 그게 뭐예요?"
"경철 씨? 진짜 몰라서 물어보는 거예요?"
"네, 진짜 모르는데……."
신입 직원이 어눌하게 대답하고는 두꺼운 뿔테 안경을 고쳐 썼다. 아직도 짧은 머리칼은 그가 제대한 지 얼마 되지 않았음을 알려주고 있었다.
"이수희 팀장님 남편이 하재건이잖아요."
"하재건이요……? 어……? 설마 그 작가 하재건이요?!"
"여태 몰랐단 말이에요? 그것만이 아니에요. 방금 이 팀장님이랑 같이 나가신 남 이사님 있죠. 아내가 하재건 작가 누나라고요."
"와, 진짜요? 농담하시는 거 아니고요?"
"이제부터라도 TV도 좀 보시고 그러세요, 경철 씨. 아무튼 정말 너무 부러워. 평생 여행이나 다니면서 놀기만 해도 아무런 문제가 없을 텐데. 앞으로 태어날 아이는 또 얼마나 행복할까."
"거, 꿈은 그만 꾸고 도트나 똑바로 찍으라니까."

그래픽 팀 직원들이 대화를 나누는 사이, 규호와 수희를 태운 차는 지하 주차장을 벗어나고 있었다. 설정된 내비게이션 목적지는 재건의 집이었다. 오늘 함께 저녁을 먹기로 얘기가 돼 있었다.

"프랑스에서 20만 부 넘어갔다면서?"

대로를 향해 핸들을 꺾으며 규호가 물었다.

수희는 살포시 웃으며 고개를 끄덕였다.

"네, 2차 후보작까지 통과된 이후로 판매량이 늘었어요."

"처남은 요즘 좀 어때? 부담감 느낀다거나 그러진 않아?"

"보기보다 멘탈이 엄청 단단해요. 악의에 대한 건 벌써 다 잊어버린 것 같아요. 요즘 더 브레스 2부 구상하느라 머리 싸매고 있거든요."

"그래, 다행이군. 우리 넥션 입장에서는 더 브레스가 악의보다 몇백 배는 더 중요하지."

시간이 흘러 재건의 집 앞에 도착한 차가 멈춰 섰다. 소리를 들은 재인이 집에서 나와 규호와 수희를 반겨주었다. 저녁 준비를 하고 있던 그녀는 앞치마를 가슴 앞에 두르고 있었다.

"어서 오세요, 여보. 수희도 어서 와."

아내의 환한 미소를 보자 하루의 피로가 말끔하게 가시는 규호였다. 잰걸음으로 다가오는 아내를 향해 손을 뻗으려는 찰나, 아내는 그를 지나쳐 수희와 먼저 손을 맞잡는 것이었다.

"많이 배고프지? 음식 거의 다 됐어. 얼른 들어가."

"죄송해요, 언니. 저도 들어가서 바로 도울게요."

"도울 거 없어. 나랑 재건이가 다 끝냈으니까."

재인이 수희의 등을 현관 쪽으로 떠밀었다. 그리고 뒤따르려는데 문득 우두커니 선 남편의 모습이 눈에 밟혔다.

"왜 그렇게 서 계세요? 어서 들어오세요."

"……."

규호는 대답이 없었다. 손가락 하나 까딱이지도 않고 가만히 서 있기만 했다. 그제야 재인은 심상치 않은 기색을 느끼고 한 걸음 더 다가와 섰다.

"무슨 안 좋은 일이라도 있으셨어요?"

"이보세요, 하재인 원장님."

규호가 서서히 고개를 들었다. 마치 소중한 보물을 빼앗긴 어린아이처럼 심통이 난 표정을 하고 있었다.

"제가 하재인 원장님 남편 아닙니까?"

"갑자기 그게 무슨 엉뚱한 말씀이세요?"

"엉뚱한 게 아니죠. 당연히 남편인 제 손을 먼저 잡아줘야 하는 거 아니냐 이 말입니다."

재인은 일순 어안이 벙벙해졌다. 이내 그녀가 풉 하고 웃음을 터뜨리자 규호는 콧등을 찡그리며 발끈했다.

"저 지금 원장님한테 농담하는 거 아닙니다."

"웃어서 죄송해요. 귀여우셔서 저도 모르게 웃었어요."

"뭐요?! 남자한테 귀엽다니 이건 무슨……."

"수희를 오랜만에 봐서 반가웠어요. 우리는 오늘 점심에도 만나서 같이 밥 먹었잖아요. 매일매일 함께하고요. 네?"

재인이 두 손으로 규호의 양 뺨을 쓰다듬었다. 아이 취급을 받는 기분이 들어 못내 심통이 나면서도 규호는 말했다.

"그럼 뽀뽀합시다."

"이제 그만하시고 얼른 들어가세요."

"뽀뽀하자고 했습니다."

"죄송해요, 남 이사님. 풀벌레 소리가 시끄러워서 못 들었어요."

규호가 자리를 뜨려는 재인의 손목을 잡고 끌어당겼다. 동시에 다른 한 팔로 재인의 허리를 감싸 안고 입술 위로 입을 포갰다. 재인은 소용도 없는 소극적인 저항을 하다가 결국 남편의 목 위로 두 팔을 둘렀다.

바로 그때.

덜컹.

"누나, 매형이랑 왜 이렇게 늦……! 아니, 아닙니다. 일 보세요. 죄송해요."

재건이 황급히 몸을 돌려 도로 집 안으로 들어갔다.

재인은 규호의 등허리를 찰싹 때리고는 홍당무처럼 달아오른 얼굴을 두 손바닥에 파묻었다.

더없이 좋은 분위기 속에서 네 사람은 저녁을 먹었다. 재인이 준비한 음식은 여느 때처럼 훌륭했다. 곁들여진 한잔의 술은 흥취를 더해주었다.

식사가 끝난 뒤에는 지하에서 2차가 이어졌다.

재인과 수희가 바에서 안주를 준비하는 동안 재건과 규호는 게임을 하느라 여념이 없었다.

“이걸로 19승 12패입니다.”

“처남, 인간적으로 솔직히 이거 좀 얍삽이 아닌가?”

“얍삽이라니요. 엄연히 매뉴얼에도 등록된 기술인데요.”

“그렇잖아. 짠손만 냅다 하다가 여차하면 하단 들어오고. 다른 캐릭도 좀 고르고 그러자고. 페어플레이, 오케이?”

“정 그러시다면 알겠습니다. 이제부터 랜덤으로 가시죠.”

“처남만 랜덤으로 하고 나는 직접 고르는 걸로 하지.”

“아니, 그런 법이 어딨습니까? 페어플레이 하자고 하셔놓고 매형 진짜 너무하시네.”

두 사람이 툭탁거리며 논쟁을 이어갔다.

수희와 재인은 서로를 쳐다보며 못 당하겠다는 듯이 웃었다.

“완전 애들 같다니까. 동네 오락실에서 게임 하는 꼬마들

하고 똑같아."

"그래도 즐거워하는 모습이 너무 보기 좋네요."

수희의 말에 재인도 고개를 끄덕였다. 곧이어 그녀의 시선은 벽에 붙은 시계로 향했다. 끊임없이 움직이는 초침을 바라보자 얼굴에서 웃음기가 사라졌다.

"너무 걱정하시지 마세요."

수희가 재인의 손을 잡으며 속삭였다. 재인이 시계를 보고 근심스런 표정을 지은 이유를 아는 까닭이다. 이제 곧 프랑스에서 공쿠르상 최종 후보작이 발표되는 것이다.

"본인도 저렇게 다 잊고 즐기고 있잖아요."

수희의 말에 재인은 다시 재건에게로 눈길을 옮겼다. 게임 화면에 얼굴을 들이박고 열렬히 패드를 조작하는 남동생의 모습에 다시금 웃음이 났다.

바로 그때.

드르륵!

바 위에 놓여 있던 재건의 핸드폰이 진동했다.

"……!"

"……!"

순간 주변이 찬물이라도 끼얹은 것처럼 고요해졌다.

재인과 수희의 표정은 창백해졌고, 규호마저 패드를 조작하던 손을 멈추고는 반사적으로 뒤를 돌아보았다.

모두가 의식적으로 외면하고 있었던 것이다. 혹시라도 재건이 느끼게 될 부담을 덜어주기 위해.

"죄송해요, 매형. 전화만 금방 받고 올게요."

"오래 받아도 괜찮아."

다가온 재건에게 수희가 핸드폰을 집어 건네주었다.

전화를 해온 상대는 명석이었다. 그리고 지금 시간은 11시 남짓. 이런 늦은 시간에 갑작스레 전화를 걸어올 사람은 아니다. 그래서 수희는 더더욱 기대로 가슴을 부풀렸다.

"네, 편집장님."

-축하드립니다, 하 선생님. 최종 후보작 선정되셨습니다.

전화를 받자마자 명석은 결과부터 들려주었다.

재건의 입가에 숨길 수 없는 미소가 피어났다. 눈앞의 재인과 수희는 서로의 손을 잡으며 안도의 한숨을 길게 내뿜았다.

"고맙습니다, 이게 다 편집장님 덕분입니다. 더 이상 바랄 게 없습니다. 최종 후보작에 들어간 것만도 대만족입니다."

-하 선생님 마음 불편하실까 봐 굳이 첨언은 하지 않겠습니다. 이제 수상작 발표까지 고작 일주일 남았습니다. 어떻게, 프랑스 파리 여행이라도 한번 가시겠습니까?

재건은 벌써 명석의 의도를 파악하고 쓰게 웃었다.

"확정된 것도 아닌데요."

-그래서 여행이라고 말씀드리는 겁니다.

"아내하고 한번 상의해 보겠습니다."

–그렇게 하시지요. 아, 그리고 한 가지 더 드릴 말씀이 있습니다. 지금 더 통화 가능하실까요?

"네, 얼마든지 말씀하십쇼."

재건이 주변에 눈짓으로 양해를 구하고는 휴게실을 홀로 빠져나왔다.

귓가로 명석의 말이 이어지고 있었다.

–악의 카페 독자들에게 쓰신 편지 반응이 몹시 뜨겁지 않습니까. 심지어 SNS에도 루머가 확대되고 재생산돼서 걷잡을 수 없이 퍼지고 있고요.

"그러게 말입니다."

명석이 말한 루머란 '에이든 스미스의 방한'이었다. 조만간 '악의'를 쓴 작가 에이든 스미스가 한국의 독자들을 만나기 위해 모습을 드러내리라는 추측을 담은 루머였다.

루머가 나온 배경은 재건이 쓴 편지에 있었다. '조만간 한국 독자 여러분에게 확실하게 감사의 마음을 전하고 싶다'고 적은 구절이 독자들에 의해 다양한 의미로 해석된 결과였다.

에이든 스미스가 한국에 오면 직접 주겠다고 준비한 독자들의 선물 사진도 연일 카페에 올라오고 있는 판국이었다.

"저도 독자들에게 보답을 해드려야 할 것 같습니다. 다만……."

재건이 잠시 말끝을 흐렸다. 그리고 '하재건'이 아닌 '에이든 스미스'라는 이름을 택했던 당시의 심경을 곱씹었다.

"다만…… 공쿠르상 결과가 나온 뒤에요. 수상을 하든 못하든 거기까지는 도전을 해보고 나서 움직이고 싶습니다."

—저도 같은 생각입니다, 하 선생님. 하 선생님의 마음이 언제나 최우선입니다. 그리고 어떤 형태로 보답을 기획하셨건 간에 저와 웅성에서 전폭적으로 힘이 되어드릴 겁니다.

"언제나 고맙습니다, 편집장님."

—프랑스 여행 티켓 제가 준비해 드릴 것을 아시고 미리 고맙다는 말씀을 하시는 거군요?

"하하하, 편집장님이 농담하시면, 죄송하지만 무척 어색해요."

—농담하는 저도 사실 어색해서 힘듭니다.

재건은 치아가 드러나도록 웃으며 밤하늘을 올려다보았다. 유난히 돋보이도록 반짝이는 별 하나가 눈에 들어왔다.

이 순간의 재건에게 가장 빛나는 그 별은 훌륭한 편집자 명석이었다.

BIG LIFE

[우재훈 또 종편에서 막말? '하재건 필력으로는 죽었다 깨

어나도 악의 같은 작품 못 써.']

[공쿠르상 시상식 현장, 벌써부터 후끈거리는 취재 열기]

10월을 뒤로 보내고 접어든 11월의 어느 하루.

프랑스 파리에 위치한 드루앙 레스토랑 주변은 모여든 사람들로 시끌벅적했다. 오늘 공쿠르상 시상식이 이 레스토랑에서 열리기 때문이었다. 수많은 취재진 사이에는 한국 기자도 여럿 섞여 있었다.

TV 방송용 차량들이 주변 거리를 둘러쌌다. 수상자를 발표할 시간이 시시각각 다가오면서 레스토랑 입구도 차단됐다.

프랑스의 유명한 MC가 실시간으로 현장을 중계하면서 주변은 발 디딜 틈조차 없을 만큼 군중으로 빼곡해졌다. 과연 공쿠르상이 프랑스 최고의 권위를 지닌 문학상임을 실감케 하는 광경이었다.

"정말 한국인일까? 네티즌들 말대로 재미 교포일 것 같지 않아?"

"이제 곧 알게 되겠지. 어떤 인간인지 낯짝이나 함 보자고."

두 기자의 표정은 몹시 불만스러웠다. 레스토랑 내부에 들어가지 못해서 찍은 사진이 하나도 없었다. 멀거니 초코바나 먹으며 결과를 기다리는 상황이었다.

그리고 잠시 후, 갑자기 레스토랑 안에서 환호성이 들려왔다. 곧이어 격렬한 박수 소리가 바깥에 모인 사람들에게까지 울려 퍼졌다. 공쿠르상 수상자가 발표된 순간이었다.

"뭐지? 정말 한국인인가?"

자리에서 일어서는 남자를 보고 기자는 두 눈을 한껏 치켜떴다. 검은머리에 황색 피부를 가진 동양인이 아닌가.

"한국인이 맞는 거야? 에이든 스미스가 재미 교포라는 루머가 사실이었어?"

"마, 맞는 거 같은데요."

EBC 방송국 소속 취재진은 한껏 놀라 저마다 입을 크게 벌렸다. 이들은 사전에 승인을 받아 레스토랑에 입장할 수 있었던 몇 안 되는 한국 측 취재진이었다.

"안녕하세요. 에이든입니다."

동양인이 마이크에 대고 입을 열었다. 한국어가 아니라 영어였다. 입가에는 어딘지 장난스러운 웃음기가 배어 있었다.

"한데 제 성은 스미스가 아니라 쿠퍼입니다."

"……?!"

"공교롭게도 악의를 쓴 에이든 스미스와 이름이 같습니다. 저는 미국 오픈하우스 출판사의 편집장 에이든 쿠퍼라고 합니다. 에이든 스미스 씨가 일신상의 사정으로 불참하게 되어 제가 대리 수상을 하게 됐습니다. 에이든 스미스 작가님을 대신해 진심으로 감사하다는 말씀을 드립니다."

"아아…… 그런 거였구나."

납득하면서도 한편으로는 허탈한 기분을 감추지 못하는 EBC 취재진이었다.

물론 이대로 물러설 수는 없는 노릇.

"한 말씀만 해주시죠! 에이든 스미스 작가님의 국적이 어떻게 됩니까?"

"조만간 작가 본인이 직접 매체를 통해 이야기를 꺼낼 것입니다."

"소문대로 한국계 미국인이 맞는 거 아닙니까? 어릴 때 미국으로 입양된 악의의 주인공은 작가 본인의 이야기입니까?"

"말씀드렸다시피 저는 아는 바가 없고 그래서 대답할 수도 없습니다."

편집장 에이든은 취재진의 질문을 일체 거부했다. 1층으로 내려가 심사위원들과 건배를 나누는 그의 주위로 눈부신 플래시가 연달아 터졌다. 대규모 취재진이 물결처럼 몰려들었고 수상 현장은 더더욱 흥분의 도가니로 빠져들었다.

144장
꿈이 아니라 현실이지

—못 봐주겠군. 자네는 이 따위 잡문을 글이라고 가져와서 내 소중한 시간을 깎아먹나?

—대체 자신의 글줄에 대해 얼마나 자부심을 갖고 있는 건가? 기성 문단의 형식을 파괴하는 것으로 우월감을 드러내고 싶나? 이렇게 부족하고 못난 밑천을 알아서 까발리는군.

—착각하지 말게. 자네는 결코 천재가 아니야. 그저 남들보다 아주 조금 문법에 익숙한 흔해빠진 작가 지망생일 뿐이지.

—말대꾸하지 말고 다시 써 와! 네 녀석 같은 애송이의 반론은 들어줄 시간도 가치도 없어! 난 네 스승이야! 썩 꺼지지 못해!

"으으으……!"

재건의 입에서 신음이 흘러나왔다. 땀으로 범벅이 된 온몸은 오한이라도 든 것처럼 부들부들 떨어대고 있었다.

"으으…… 으으으……!"

침대 옆 탁자에 엎드려 잠시 눈을 붙이다 맞닥뜨린 악몽이었다. 상대의 걷잡을 수 없는 폭언은 계속되고 있었다. 재건은 깨어나지도 못하고 악몽을 무기력하게 받아들이는 중이었다.

"재건아, 재건아."

침대에 곤히 잠들어 있던 수희가 신음을 듣고 깨어났다. 그녀는 한눈에도 심각한 재건의 상태를 보고 어깨를 흔들어 깨웠다.

"재건아, 왜 이러는 거야? 일어나 봐."

"으으음……?!"

재건이 비로소 두 눈을 부릅떴다. 한껏 확장된 두 동공 속에 근심으로 물든 수희의 얼굴이 담겼다.

"꿈이었나……."

"악몽이라도 꾼 거야?"

재건이 한숨을 내쉬며 고개를 끄덕였다.

"……."

자신에게 폭언을 쏟아낸 상대의 얼굴이 떠오르지 않았다.

생각하면 할수록 점점 더 희미해지기만 했다.

'어쩌면 이것도…… 선배님의 기억일까.'

문득 참으로 기이한 기분에 휩싸이는 재건이었다.

기억을 곱씹어 보니 그랬다. 문학적 성과를 이뤄낼 때마다 이러한 뜻밖의 꿈을 꾸곤 했다는 생각이 드는 것이었다.

'만약 선배님이라면 대체 누가…… 선배님과 같은 훌륭한 분에게 이런 폭언을 할 수 있었던 거지?'

재건이 턱을 괴고 상념에 빠졌다.

그런 모습이 걱정스러워서 수희는 다시금 농담조로 말을 붙였다.

"컨디션 안 좋아? 이러다 네가 나 이어서 병원 가겠어."

재건이 퍼뜩 고개를 들었다. 악몽 때문에 까맣게 잊고 있었던 사실이 떠올라서였다. 지금 사랑하는 아내는 몸이 아픈 상태였다.

"어디 보자, 수희야. 열은 좀 내렸어?"

"많이 좋아졌어. 대작가님께서 간호해 주신 덕분에."

수희가 웃으면서 말했다. 재건은 안심이 되지 않았다. 직접 수희의 이마에 손을 짚어보며 그는 말했다.

"아직 미열이 남아 있는데. 오늘 하루 더 푹 쉬자."

"저녁은 어떡하고? 나 때문에 그간 계속 죽만 먹었잖아."

"나도 죽 좋아해. 생각난 김에 데워야겠다. 누워 있어."

재건은 수희를 도로 눕히고 1층 주방으로 내려왔다. 죽이 담긴 솥을 전기레인지에 올리면서 그는 다시금 생각에 빠져들었다. 대체 꿈에서 본 상대가 누구일까 하고.

"아직도 꿈 생각하는구나."

등 뒤로 몰래 다가온 수희가 재건의 허리를 끌어안으며 하는 말이었다.

재건이 피식 웃으며 돌아섰다.

"누워 있으라니까 왜 내려왔어."

"조금씩 움직여야 빨리 낫지. 이 정도는 괜찮아. 그것보다 대체 무슨 꿈을 꾼 거니?"

"설명하고 싶어도 기억이 잘 안 나서……."

재건이 뒷머리를 긁적이며 말끝을 흐렸다. 정적 속에서 가만히 바라보던 수희는 문득 싱긋 웃으며 핸드폰을 꺼내 들었다.

"꿈에서 깨어나라, 얍."

"하하하……."

"이건 꿈 아니라 현실인 거 알지?"

"당연히 알지."

핸드폰 화면에 뜬 기사를 보고 재건이 대꾸했다. '악의'의 작가 에이든 스미스가 공쿠르상을 수상했다는 내용의 기사였다. 대리로 수상한 오픈하우스의 에이든이 사진 한가운데를 장식하고 있었다.

수희가 핸드폰을 거둬들이고는 재건을 끌어안았다.

"정말 미안해. 나 때문에 프랑스도 못 가고……."

"내가 그 말 한 번만 더 하면 깨물어버린다 그랬지?"

"하지만 정말 미안한걸. 1년 내내 씩씩하던 내가 하필 이럴 때 아플 줄은 몰랐어. 걱정 말고 다녀오라니까 말은 참 안 들어요, 우리 재건이."

"공쿠르상이 제아무리 영예롭다한들 우리 와이프보다 중요할까."

재건이 수희의 이마에 대고 쪽 소리가 나도록 입을 맞췄다.

바로 직후 주머니 속에서 핸드폰이 울렸다.

"잠깐만, 오명석 편집장님이시다. 여보세요?"

–안녕하십니까, 하 선생님. 사모님은 좀 어떠십니까?

"걱정해 주신 덕분에 많이 좋아졌습니다. 자기가 먹을 죽 직접 끓이고 있을 정도로요."

–정말 다행입니다. 첫날 병원에서 뵈었을 때, 하 선생님이 많이 심란해하시는 걸 보고 매우 걱정했었습니다. 하 선생님마저 아프시게 되면 어쩌나 하고요.

안부를 주고받은 끝에 명석의 말이 본론으로 돌입했다. 재건은 이따금 고개를 끄덕이거나 짧게 대답하며 그의 말을 경청하고 있었다. 환한 미소는 그칠 줄을 몰랐다.

그날 밤, '악의로 물든 자들의 도시' 카페에는 새로운 글 하나가 올라왔다. 운영자에 의해 공지로 채택된 이 글에는 회원 모두가 경악할 만한 내용이 가득했다.

BIG LIFE

"웅성에서는 아직도 연락 없어?!"

"네, 감독님……. 아직 없습니다."

매니저가 겁먹은 표정으로 대답했다.

재훈은 두 손을 들어 제 머리를 마구 뒤헝클었다.

"빌어먹을. 이거 규원이 형이랑 원필름 일 똑바로 하는 거 맞아? 공쿠르상 수상까지 한 마당에 아직도 연락이 안 돼? 심지어 정체도 몰라!"

악에 받쳐 소리치는 재훈의 심기는 몹시 불편했다. 그간 방송을 비롯해 여러 매체를 통해 수도 없이 '악의'를 극찬했다. 영화화 작업을 의식하고 어필한 부분도 없지 않았지만 어쨌든 작품성을 인정하는 마음 또한 사실이다. 그런데 '악의'의 작가는 고마운 줄을 모르는 인간인지 여전히 한마디 대꾸조차 없는 것이다.

"어떤 인간인지 양심이 있어야지……. 출판사 통해서 소식을 뻔히 받았을 텐데 말이야, 어?! 내가 그렇게 제 작품을 입이 마르도록 칭찬해 줬는데! 최소한 전화는 아니더라도 고맙다는 메일 한 통은 보내야 하는 거 아니냐고!"

쾅!

재훈이 분에 못 이겨 테이블을 주먹으로 내려쳤다. 안 그래도 겁을 잔뜩 집어먹고 서 있던 매니저는 뒤로 한 걸음 물러섰다.

바로 그때, 전원이 켜져 있던 거실 TV에서 뉴스가 시작되었다.

아나운서의 입을 통해 첫 번째 소식이 흘러나왔다.

[공쿠르상을 수상한 '악의'의 작가 에이든 스미스가 한국 독자들을 찾아올 예정입니다. 웅성출판그룹의 담당자에 따르면 이번 독자들과의 만남은 작가 본인의 의지로 이뤄지는 것이며…….]

"……?!"

재훈은 할 말을 잃고 멍하니 TV를 돌아보았다.

그토록 연락을 시도해도 연이 닿지 않았던 에이든 스미스가 한국 독자들과의 팬 미팅을 개최한다고?

듣는 두 귀와 보는 두 눈이 의심스러울 지경이었다.

"카페에 공지를 올렸나 본데요?"

"해, 핸드폰 줘봐. 내 핸드폰 어딨어?!"

재훈은 즉시 핸드폰을 통해 '악의로 물든 자들의 도시' 카페에 접속했다. 그러고는 방금 나온 뉴스가 거짓이 아님을 깨달았다.

"웅성출판그룹 본사 다목적 홀에서 팬 미팅……? 선착순으로 신청을 받는다고……?"

이윽고 공지의 말미에 다다른 재훈의 두 눈이 한껏 팽창되었다. 이미 수용 인원 500명의 신청이 마감됐다는 한 줄의 문장 때문이었다.

"아니, 이런 씨발? 공지 올라오고 몇 시간 지나지도 않았는데 벌써 마감이라고?!"

재훈은 초조하게 입술을 깨물고 거실 여기저기를 돌아다녔다. 그런 끝에 결국 방법은 하나밖에 없음을 깨닫고 핸드폰을 꺼내 들었다. 여기까지 와서 원필름을 통할 게 아니라 직접 부딪치는 쪽이 옳다는 판단이 섰다.

–네, 웅성 미스터리움 편집부 허영은입니다.

"아, 고생 많으십니다. 나 우재훈이라고 영화감독이요."

–네? 아, 네…… 안녕하십니까.

"다른 게 아니라 그, 악의 작가가 정말로 팬 미팅을 여는 거요? 이거 사실입니까?"

–네, 사실입니다.

"작가 한국인 맞습니까? 재미 교포예요?"

–죄송합니다만 그건 말씀드릴 수 없습니다.

재훈이 짜증스럽게 한숨을 토해냈다. 그러고는 알았다는 듯이 저 혼자 고개를 끄덕이며 말을 이었다.

"부탁 하나만 합시다. 그거 벌써 마감됐다고 나와서 말인데, 자리 하나만 더 만들어줘요. 아니, 두 개."

–그건 제 권한으로 어떻게 할 수가 없는 부분이라…….

"그럼 권한 있는 사람을 바꿔줘 보세요."

–죄송하지만 그것도 어려운 말씀이십니다.

계속되는 거절에 재훈은 속이 부글부글 끓어올랐다.

자신이 누구인가. 한때는 한국의 영화 산업 선봉에 선 유명 감독이라고 세간의 칭찬이 자자했던 거장이 아니던가.

"이보세요, 허영은 씨……!"

재훈의 양 콧구멍에서 불길처럼 뜨거운 콧김이 새어 나왔다. 힘겹게 울화를 억누르면서 그는 쥐어짜는 듯한 목소리로 부탁했다.

"부탁 좀 합시다, 부탁 좀. 하나라도 좋으니 자리 좀 만들어줘요. 내가 일반인도 아니고, 그쪽도 내 영화 한두 편은 봤을 거 아니요."

정말이지 한국 영화계의 거장으로서 자존심을 완전히 패

대기친 발언이었다.

어찌 됐든 간절한 마음이 먹힌 걸까. 전파 너머의 여직원이 곤란해하면서도 말을 이었다.

—그럼 제가 가능한지 여부를 알아보고 전화를 드리겠습니다.

"얼마나 기다려야 돼요? 이제 기다리는 건 신물이 나."

—길어야 30분이면 다시 연락드릴 수 있을 겁니다.

"알았어요. 그럼 부탁합니다."

통화를 끝낸 재훈은 핸드폰을 내던지고 소파에 주저앉았다. 마침 옆에 놓여 있던 '악의'를 두 손에 꼭 쥐고서 그는 제발 자리가 있기를 애타게 바랐다.

BIG LIFE

웅성출판그룹 본사는 여느 때보다 어수선했다. '악의'로 공쿠르상을 수상한 작가 에이든 스미스의 팬 미팅이 열리는 날이기 때문이었다.

사전에 신청한 500명의 참여자가 문간부터 복도까지 길게 줄을 잇고 있었다. 확인 절차를 마친 사람들은 속속들이 기대 가득한 표정을 하고 다목적 홀로 입장했다.

'왜 이렇게 늦어……?'

드넓은 홀의 후미에 선 재훈은 입구 쪽을 쳐다보며 속으로 툴툴거렸다. 오기로 한 원필름의 대표 규원이 아직도 도착하지 않아서였다.

바로 그때.

'으음……?!'

입구를 지나 홀 안으로 들어선 한 남자를 보고 재훈은 두 눈을 부릅떴다. 기다리는 규원은 안 오고, 세상 누구보다도 증오스럽기 짝이 없는 재건이 나타난 것이다.

'저 자식이 왜 여길 왔지? 자기도 공쿠르상 수상 작가에게 관심이 있다 이건가? 아니, 관심이 있는 척하는 거겠지. 속으로는 부글부글 끓겠지만 쿨해 보이고 싶겠지.'

재훈이 자기 잣대로 해석하며 이를 갈고 있는 사이, 주변 사람들이 하나둘씩 재건을 알아보고 다가서기 시작했다. 금세 독자들에게 둘러싸인 재건은 밝은 미소로 사인을 해주고 함께 사진도 찍어주었다.

'진짜 시도 때도 없이 나대고 있네. 여기가 지 사인회장인 줄 알아? 관심 받으니까 좋다고 또 몸 비트는 꼴이 가관이군.'

재훈은 속으로 욕을 퍼부으며 돌아섰다. 마침 그의 눈앞으로 몹시 낯익은 남자가 지나가고 있었다. 재훈의 입은 즉시 귀밑까지 걸렸다.

"아이고, 권성득 의원님 아니십니까?"

"어? 우 감독 아니시오?"

보좌관과 함께 멈춰 선 성득이 반갑게 악수를 청해왔다. 재훈은 그의 손을 맞잡고 실실거리며 말을 이었다.

"여기서 또 뵙게 될 줄은 몰랐습니다. 국무로 바쁘실 텐데 여긴 또 어떻게 오셨습니까?"

"허허허, 이것도 제 일이지요. 공쿠르상을 수상한 작가 양반께서 직접 한국 독자들을 만나러 찾아오셨다는데, 문방위 소속 의원으로서 안 와볼 수가 있겠습니까? 좋은 이야기 많이 듣고 대한민국 콘텐츠 산업을 발전시킬 방안을 모색해 볼 작정입니다."

"역시 의원님이십니다. 정말 나라의 발전을 위해 이렇게 애 쓰시는 모습을 보면 제 자신이 한없이 작아집니다."

"여기서 이러지 마시고 같이 가십시다. 내 자리가 저 앞쪽에 마련돼 있으니 우 감독도 나랑 같이 앉으시지요."

"이거 정말 감사합니다. 그럼 실례를 좀 하겠습니다."

재훈은 우쭐한 기분이 되어 양어깨를 펴고 성득의 뒤를 따랐다. 한순간에 자신의 급이 한 단계 상승한 기분이었다.

"그러고 보니 하재건이 또 왔더라고요."

"그래요……? 허허, 집필하느라 바쁘다던 양반이 여긴 무슨 일로 오셨을라나."

성득은 의원으로서의 체면 때문에 짐짓 점잖은 척 말을 받았다. 하지만 재건을 증오하는 속마음은 동석한 재훈과 매한가지였다.

"뭐, 책이 요즘 잘 안 팔려서 광고라도 하러 온 거 아닐까요? 원래 실력 없는 작가들이 글 말고 외적인 것들로 승부 보잖습니까."

"하하하, 우 감독도 참……. 아무튼 하재건 작가도 작가인 건 사실이니까요. 기왕 참석했으니 공쿠르상 수상 작가의 좋은 이야기 많이 듣고, 그래서 자신의 문학적 소양을 쌓을 수 있다면 그걸로 된 거 아니겠습니까."

"실로 옳으신 말씀입니다."

"하재건 작가도 국내의 자질구레한 문학상 몇 개 받았다고 목에 힘줄 것이 아니라, 공쿠르상처럼 세계적인 문학상으로 이름을 널리 빛내주면 참 좋을 텐데 말입니다."

"수십 년이 지나면 그런 날이 올 수도 있겠지요."

성득과 재훈이 다시금 웃음을 터뜨렸다.

그들의 등 뒤로 가득 늘어선 객석은 이제 빈자리를 찾기가 힘들어질 정도로 거의 다 채워졌다.

그로부터 10여 분 후, 다목적 홀의 입구가 닫히고 테두리의 백색 조명이 일제히 빛을 잃었다. 그와 대비되도록 한없이 밝아진 단상 위로 단아한 미모의 여성이 등장했다.

"우 감독, 저거 박혜상 아나운서 아니요?"

"네, 맞습니다. 이야, EBC 간판 아나운서가 진행을 맡았나 봅니다."

내심 감탄한 재훈이 고개를 주억거리며 대답했다. 그러고는 두 눈으로 다시금 주변을 두리번거렸다.

에이든 스미스는 이 객석 어딘가에 자리하고 있을까. 아니면 보이지 않는 다른 대기실에 숨어 있는 걸까.

단상 위의 혜상이 인사를 마치고 '악의'의 줄거리를 소개하고 있었지만 재훈에게는 전혀 들려오지 않았다.

"……그러면 소개는 이쯤에서 마치겠습니다. 이제는 독자 여러분께서 그토록 기다려 주셨고, 또 궁금해하셨던 작가님을 만나볼 차례인데요."

재훈이 자기도 모르게 침을 꿀꺽 삼켰다. 그와 마찬가지로 긴장한 참여자들은 하나같이 숨을 죽였다.

홀 전역이 정적에 휩싸인 가운데, 혜상은 싱그러운 미소로 덧붙였다.

"에이든 스미스 작가님, 나와주십시오."

객석 곳곳에서 크고 작은 웅성임이 일어났다. 다들 에이든 스미스가 누구일까 하고 사방을 살피느라 여념이 없는 모습들이었다.

그리고…… 객석 한구석에 앉아 있던 누군가가 일어섰다.

"……?!"

"……!"

재훈의 두 눈이 즉석에서 까뒤집혔다. 자리에서 나와 복도를 가로지르는 사람은 황당하게도 재건이 아닌가.

재건은 지극히도 담담한 표정을 하고 단상을 향해 걸어가고 있었다.

어찌 된 영문인지 혼란에 빠진 500명의 이목 전부가 재건에게로 집중되고 있었다.

"저, 저…… 하재건 아니요? 저 인간 왜 저러는 거요?"

"저도 잘 모르겠습니다, 의원님…… 혹시 작가 대표로 동시통역이라도 해주려는 거 아닐까요?"

계단을 밟아 단상 위로 올라선 재건은 혜상과 악수를 나눴다. 그리고 마이크를 건네받은 후, 단상 한가운데로 와 방청객들을 바라보며 우뚝 섰다.

"안녕하십니까, 여러분. 저는 작가 하재건이라고 합니다."

성득과 재훈을 포함한 수많은 방청객은 여전히 사태를 파악하지 못하고 있었다.

대체 왜 이 시점에 하재건이 등장한 것일까.

객석 여기저기서 술렁임은 점점 더 커져 가기만 했다.

재건은 잠시 입을 다물고 한 차례 심호흡을 했다. 서건우를 시작으로 고마운 사람들의 얼굴이 차례차례 눈앞을 스쳐

갔다. 이욱고 충만해진 기쁨으로 가슴이 부풀어 오르는 순간, 그의 입도 천천히 열렸다.

"제가…… 악의를 쓴 에이든 스미스입니다."

145장

대반전이네

'뭐……?!'

재훈은 하마터면 벌컥 소리를 지를 뻔했다. 흡사 머리 위로 거대한 돌덩이라도 하나 떨어진 기분이었다. 연이어 핏기가 빠지면서 얼굴 전체가 어물전의 고등어처럼 푸르뎅뎅해졌다.

'하재건이…… 에이든 스미스였다고……?!'

객석 전역이 급격하게 어수선해졌다. 특히나 객석 좌우와 후방에 대기하고 있던 취재진의 반응이 거셌다. 당장에라도 카메라를 치켜들고 단상까지 뛰어나올 기세였다. 다수의 보안 요원이 바싹 간격을 좁혔다.

단상의 재건은 모두에게 확인시키듯이 덧붙였다.

"에이든 스미스는 제 필명이라는 얘기입니다."

'말도 안 돼……!'

재훈은 거의 정신을 놓기 일보 직전이었다. 마치 등허리에 칼침이라도 맞은 사람 같았다. 부릅뜬 두 눈은 단상 위에 고고히 선 재건에게 꽂혀 떠날 줄을 몰랐다.

비단 재훈만이 아니었다.

홀의 어느 곳을 봐도 경악의 물결이 넘쳐흐르고 있었다. 바로 곁에 앉아 있는 4선 의원 성득마저 특유의 능글맞은 차분함을 잃어버린 지 오래였다.

"자기야, 지금 저거 하재건 작가님이 농담하는 거 아니겠지?"

"아닌 거 같은데? 돌지 않은 이상 이런 자리에서 저런 농담을 할 사람이 어딨어? 아, 진짜 대반전이네 이거……."

혼란에 빠진 사람들의 목소리가 높아졌다. 급기야 팬 미팅 진행이 불가능할 정도의 소란으로 번졌다. 스피커를 통해 진정시키기 위한 안내 방송을 내보냈지만 무용지물이었다. 도무지 씨알조차 먹히지 않았다.

찰칵! 찰칵!

팬 미팅 종료 전까지 사진 촬영 금지라는 규정도 무의미해졌다. 흥분한 사람들이 곳곳에서 핸드폰을 치켜들고 재건의 사진을 찍어댔다. 일부는 사진을 찍는 대신 '악의로 물든 자들의 도시' 카페에 접속해 이 상황을 글로 적어 올리고 있었다.

—제리엠:제가 아까 팬 미팅 왔는데 하재건 작가님 계셔서 엄청 놀랍고 반가웠다고 글 올렸었잖아요? 근데 그 하재건 작가님이 에이든 스미스래요.

ㄴ뭇찌:네??????????????!!!!!!!!!!

ㄴ꺅뚜기:제리엠 님, 낚시를 하실 거라면 좀 그럴 듯한 걸로 하시길;;;;

ㄴ제리엠:낚시 아니고 정말이에요. 지금 팬 미팅 장소 난리두 아니에요. 여기 완전 혼란의 도가니탕 됐어요…….

ㄴ미얄:이상하다;;;; 제리엠 님 그간 카페 활동하신 거 보면 이런 걸로 장난이나 농담하실 분이 아닌데;;;;

ㄴ키나키나:ㅋㅋㅋㅋㅋㅋㅋ님들 이거 진짜임ㅋㅋㅋㅋㅋㅋㅋㅋㅋㅋㅋ저도 지금 팬 미팅 와 있는데 진짜로 하재건 = 에이든 스미스욬ㅋㅋㅋㅋㅋㅋㅋㅋㅋㅋㅋㅋㅋ 사람들 다 놀라 자빠지고 난리 남ㅋㅋㅋㅋㅋㅋㅋ

ㄴ제리엠:어머, 키나키나 님도 오셨나 봐요. 어디 쪽에 앉아 계시는지…… 저는 뒤쪽이라 기자들 때문에 엄청 시끄럽네요.

실제 팬 미팅 현장에 이어 온라인 카페까지 아수라장이 되었다. 실시간으로 초당 2~3개씩 새로운 글이 올라오기 시작했다. 급기야 재건이 에이든 스미스라는 사실은 카페를 벗어나 드넓은 인터넷 세상의 온갖 SNS로까지 유입되었다.

–여러분! 공쿠르상 수상한 에이든 스미스가 알고 보니 하재건이라는데요?!
–저도 뉴스 보고 왔어요. 기자가 기사 잘못 작성한 줄;;;; 이건 진짜 상상조차 못 한 대사건이네요;;;;;;
–어디서 나온 뉴스인데요? 팩트 없는 루머는 자제 좀. 이게 말이 되는 소립니까?
–윗분 눈 뒀다 뭐 하심? 버젓이 MBS 속보 링크까지 올라와있는데 클릭이나 하고 팩트니 루머니 떠드시길.
–ㅋㅋㅋㅋㅋㅋㅋㅋㅋㅋ놀랍기도 한데 겁나 웃기네. 하재건은 때려죽여도 이런 글 못쓴다던 악의충들 전부 어디 갔냐???? 나와서 뭐라고 말 좀 해봐~!!!!
–님들 근데 저기 우재훈도 참석하지 않았어요? 오전 뉴스 보니까 우재훈 참석했던데. 우재훈도 몰랐던 거임???

한마디 말이 일으킨 파장은 엄청났다. 사실을 밝히고 5분도 채 지나지 않은 시점이었다. 그런데 벌써 인터넷에는 '속보! 공쿠르상 수상한 작가 에이든 스미스, 하재건의 필명으로 밝혀져'라는 뉴스가 올라오고 있었다.

'큰일인데…….'

단상 위에 선 재건은 내심 당황스러웠다. 이토록 격한 반응이 나오리라고는 생각하지 않았던 까닭이다.

달아오른 홀 내부는 도무지 진정될 기미가 보이지 않았다. 안내 방송이 거듭됐고 보안 요원들도 질서를 유지시키려 바삐 움직였지만 하등 소용이 없었다.

재건이 다시 마이크를 잡았다.

"여러분, 잠시만……."

마이크를 통해 흘러나온 재건의 목소리는 사람들의 아우성 사이로 파묻혔다.

재건은 헛기침을 한 다음 소리 높여 재차 말했다.

"여러분! 잠시만 제 이야기를 들어주시면 감사하겠습니다!"

"……!"

"……!"

거짓말처럼 사위가 찬물을 끼얹은 듯 조용해졌다.

수많은 보안 요원의 부탁에도 아랑곳하지 않던 사람들이 약속이나 한 것처럼 입을 꾹 다물었다. 이리저리 쏘다니기 바빴던 시선도 차츰차츰 재건에게로 모여들었다.

"제 자신의 한계에 도전해 보고 싶었습니다."

담담한 어조로 말문을 여는 재건이었다. 두 눈은 '악의'를 썼던 지나간 나날들의 기억을 좇아 허공 한편을 훑고 있었다.

"하재건이라는 이름으로 지금까지 쌓아온 전적에 의존하고 싶지 않았습니다. 긍정적이든 부정적이든 편견으로 제 작품을 접하는 독자가 없기를 바랐습니다. 동양인 작가로서 세계의 수많은 사람에게도 편견 없이 읽히고 싶었습니다. 그래서 필명을 사용했습니다."

그나마 유지되고 있던 일말의 술렁임마저 멎어들었다.

진심을 오롯이 담은 재건의 말은 객석에 모인 독자들의 가슴에 잔잔한 파문을 일으켰다. 숙연함 속에서 재건은 한 걸음 앞으로 나서며 독자들과의 간격을 좁혔다.

"본래 공쿠르상 결과가 나온 이후 바로 밝힐 예정이었습니다. 그 전에는 저도 사람이다 보니 심적으로 부담스러운 부분도 없지 않았습니다. 그런데 시상식 날 직전 아내가 아팠고, 저는 프랑스에 가지 못하게 됐습니다. 그러한 여러 정황이 얽히면서 오늘의 이러한 자리가 만들어진 것입니다. 놀라신 독자 여러분께 죄송합니다. 그리고 진심으로 감사드립니다."

말을 마친 재건이 객석을 향해 90도로 허리를 숙였다. 자신이 오늘날까지 글을 쓰며 살아올 수 있도록 지지해 준 모든 독자를 향해서.

짝! 짝! 짝!

누군가가 벌떡 일어나 박수를 쳤다. 지척의 또 한 사람이 그 뒤를 이었고 다시 객석 곳곳에서 연달아 바통을 이어받았다.

짝짝짝!

짝짝짝!

오래지 않아 귀가 멍멍해질 만큼 우레와 같은 박수 소리가 홀 전역을 뒤덮었다. 그들의 격려에 보답하듯 재건은 오래도록 숙인 허리를 펴지 않았다.

'끄으으으……!

그 와중에 티가 나도록 치를 떨고 있는 단 한 사람.

객석 가장 앞 열에 앉은 재훈은 깊은 번민 속에서 허우적거리고 있었다.

이대로 아무렇지도 않은 척 자리를 지키고 있어야 할까. 아니면 당장 자리를 박차고 떠나야 할까. 어느 쪽이 덜 망신스러울 일일까 하고.

사실 이미 답은 정해져 있었다. 왼쪽에는 성득이, 오른쪽에는 원필름의 규원이 앉아 있는 상황이다. 혼자 멋대로 일어설 수 있는 자리가 아니었다. 성득을 따라 의기양양하게 앞자리로 왔던 것이 뼈저리게 후회스러웠다.

잠시 후, 단상 위의 재건이 허리를 폈다.

문득 그는 의외라는 듯이 싱긋 웃더니 객석 앞쪽을 내려다보며 입을 열었다.

"자리를 빛내주신 권성득 의원님께도 감사드립니다."

"아……."

성득이 굳어든 얼굴 그대로 입만 반쯤 벌리고 침음을 흘렸다. 그는 재건의 과녁이 될 준비가 전혀 되어 있지 않았다. 애초에 에이든 스미스의 팬 미팅인 이 자리에서 재건과 이런 형태로 조우하게 되리라고는 꿈에서조차 생각하지 못했으니까.

재건은 여전히 온화하게 웃고 있었다. 성득은 미소를 쥐어짜 내는 동시에 목울대를 울렸다. 자신에게로 집중되는 주변 객석의 이목이 느껴졌다. 문방위 소속 국회의원으로서 뭐라도 한마디 해야 할 시점이었다.

"나, 나는……!"

말문을 연 성득의 목소리는 기묘하게 꺾여 있었다. 마치 구멍 난 헬륨 풍선에서 바람이 빠져나가는 듯한 소리 같기도 했다. 스스로도 당황한 성득은 여러 번의 헛기침 끝에 가까스로 말을 이었다.

"나는…… 하재건 작가님께서……! 진즉부터 이, 이렇게 되실 거라…… 믿고 있었소……!"

"정말 감사드립니다."

빠른 태세 전환을 마친 성득은 사력을 다해 태연한 척 미소를 유지했다. 그러나 아무리 애를 써도 벌벌 떨리는 양쪽 광대만큼은 멈춰지지 않았다. 4선 의원으로서 험난한 여정을 지나온 그에게도 보통 힘겨운 순간이 아니었다.

"그 옆의 우재훈 감독님께도 감사드립니다."

재건이 시선을 옮기며 말을 건넸다. 그 말에 재훈은 옷 속으로 바퀴벌레라도 기어든 사람처럼 몸을 움찔 떨었다.

"그간 여러 매체를 통해 악의를 칭찬해 주신 것 익히 알고 있습니다. 악의가 더 많은 독자분에게 읽힐 수 있었던 건 우 감독님의 응원 덕분이 아닐까 생각하고 있습니다."

재훈은 더 버티지 못하고 구두 위로 두 눈을 내리깔았다. 자신을 향한 재건의 말이 조롱이라는 걸 모를 턱이 없었다. 그간 수없이 재건을 비난하면서 비교 대상으로 들고 나온 책이 '악의' 아니었던가.

'내가…… 내가 하재건에게 또 놀아나다니……!'

명치가 야구공이라도 끼워 넣은 것처럼 아파왔다. 혹한이라도 엄습한 것처럼 위아래 이가 절로 딱딱 맞부딪쳤다.

으드득.

어금니를 꽉 악물어도 소용없었다. 재훈은 고개를 들지 못했다. 새하얗게 텅 비어버린 머리에는 더 이상 아무런 생각도 들지 않았다. 재건과 독자들 간의 질의응답 시간 내내 그는 멍청히 앉아만 있어야 했다.

"보좌관, 이만 일어나지."

"아, 네…… 의원님."

질의응답 후 사인회가 이어질 즈음 성득이 일어섰다. 긴장으로 힘을 주고 있었던 터라 두 다리가 심하게 저려왔지만 그는 고통을 억누르고 걸음을 내디뎠다.

"형, 우리도 나가자."

재훈이 팔꿈치로 규원을 툭 치고는 일어섰다. 사인회로 이목이 흐트러진 지금이 이 자리를 빠져나갈 절호의 기회였다. 힘이 풀린 다리가 말을 듣지 않아서 그는 주먹으로 허벅지를 몇 번이나 때려야만 했다.

BIG LIFE

"권성득 의원이다!"

웅성출판그룹 본사 야외 주차장 앞에는 이미 수십 명의 취재진이 대기하고 있었다. 그들은 보좌관을 대동하고 나오는 성득에게로 몰려들곤 앞다투어 마이크를 내밀었다.

"의원님께서는 하재건 작가가 에이든 스미스였다는 사실

을 진즉부터 알고 계셨던 겁니까?"

"하재건이 한국인 최초로 공쿠르상을 수상한 셈인데요. 문방위 소속 의원님으로서 한 말씀만 해주십시오!"

성득은 곤란하다는 듯이 웃으며 묵묵부답 기자들을 지나쳤다. 차까지 얼마 남지 않았을 무렵, 한 젊은 기자가 불쑥 튀어나와 앞을 가로막았다. 그러고는 여타 취재진과는 달리 노골적으로 말을 던져 왔다.

"의원님! 정책 토론회에서 악의를 극찬하는 한편 하재건 작가의 가벼운 문학성을 지적하셨는데요. 그 하재건이 악의를 쓴 작가라는 걸 알게 되신 지금 기분이 어떠십니까?"

"……!"

성득의 두 발이 그 자리에 붙었다. 미소가 부서진 그의 얼굴은 프레스에 말려들어가는 폐차처럼 찌그러졌다.

"너는 무슨 쓸데없는 소릴 하고 있어!"

일갈에 기가 죽은 젊은 기자가 한 걸음 물러섰다.

보좌관이 날쌔게 차문을 열었고 성득은 곧바로 차에 올라탔다. 시동이 걸리기가 무섭게 성득을 태운 차는 주차장을 빠져나갔다.

"거 성질머리하고는……!"

젊은 기자가 성득의 차 꽁무니에 대고 툴툴거렸다.

바로 그때, 이번에는 저 먼발치에서부터 재훈이 시야에 포착되었다. 걸어오던 재훈은 주차장을 가득 메운 취재진을 보고는 질린 표정으로 슬그머니 돌아서는 중이었다. 그러나 젊은 기자의 날랜 발은 표적을 놓치지 않았다. 잽싸게 재훈의 뒤를 따라붙어서는 마이크를 내밀었다.

"우재훈 감독님, 지금 나오시는 겁니까? 소감 한 말씀만 부탁드릴게요."

"할 말 없소."

"지금 기분이 어떠십니까? 많이 화가 나신 모습이신데 하재건 작가 때문이십니까?"

"뭐라고?!"

멈춰 선 재훈이 성난 얼굴로 돌아보았다. 그는 젊은 기자를 위아래로 쓱 훑어보고는 소리치듯 물었다.

"당신 어디서 나온 사람이야? 뭐 이렇게 질문이 무례해!"

"바로바로썰 박두식입니다."

"뭐?!"

"여기 명함 있습니다."

젊은 기자가 실실거리며 명함을 꺼내 내밀었다.

재훈은 그 자리에서 받은 명함을 북북 찢고는 기자의 가슴에 대고 냅다 내던졌다.

"어~ 그래, 바로바로썰! 그 양아치 같은 프로그램 내 잘 알지! 요전 방송에서도 나를 아주 광대로 만들었고 말이야!

내가 니들 같은 양아치들한테 해줄 말이 있을 줄 알아!"
"광대로 만들다니요. 있는 그대로 사실을 전했을 뿐인데."
"뭐가 어째?!"
"까놓고 하재건 비난하면서 악의 극찬한 거 사실이잖아요. 우 감독 당신이 한 일을 갖고 뭔 멀쩡한 우리 방송에 양아치네 뭐네 지껄이는지 모르겠네."
기자가 피식 웃더니 고개를 옆으로 돌리고 들으란 듯이 중얼거렸다.
"폭삭 망해가지고도 자기가 아직 거장인 줄 아는 건가."
"이 자식이……! 너 말 다했어!"
까뒤집힌 재훈의 두 눈에 흰자위만 남았다. 곧바로 그는 주먹으로 기자의 얼굴을 냅다 후려쳤다.
"억! 아이고, 감독이 사람 친다!"
기자가 새된 비명을 내지르며 바닥에 널브러졌다. 어느새 주위를 둥글게 둘러싼 사람들이 끊임없이 플래시를 터뜨려댔다.

[속보입니다. 프랑스 유수의 문학상인 공쿠르상을 수상한 작품 '악의'의 저자가 하재건 작가인 것으로 밝혀져 화제가 되고 있습니다. 지금 저희 측 취재진이 현장에 나가 있는 상태인데요…….]

[세계 3대 문학상 중 하나로 이름 높은 공쿠르상 수상자 에이든 스미스의 정체가 하재건 작가인 것으로 밝혀졌습니다. 담당 편집자를 통해 대리 수상을 한 이유는 아내의 병간호를 위해서였다고…….]

[한여름의 한반도에 눈이 와도 이보다 놀라지는 않았을 것이라는 한 네티즌의 댓글이 인상적입니다. 현재 인터넷 SNS와 문학 관련 커뮤니티가 온통 하재건 작가의 이야기로 펄펄 끓고 있는데요.]

[하재건 작가의 팬 미팅이 진행되고 있는 웅성출판그룹 본사 앞입니다. 제 뒤로 보시다시피 저를 비롯해 수없이 많은 기자로 장사진을 이루고 있는데요. 현재 출입이 통제돼서 내부 상황을 정확히는 파악할 수 없는 실정입니다.]

[영화감독 우재훈이 하재건 작가 팬 미팅 현장에서 폭행을 일으킨 것으로 드러나 논란이 되고 있습니다. 피해자는 모 방송사의 기자이며 인터뷰 도중 난데없이 주먹이 날아와 얼굴을 맞고 쓰러졌다고 하는데요.]

지상파 및 공중파 거의 모든 뉴스 채널에서 뉴스를 쏟아냈다. 드라마, 버라이어티 쇼, 영화를 방영하고 있는 채널들도 하나같이 자막으로 이 놀라운 뉴스를 알리고 있었다. 재건의 팬 미팅이 아직 끝나지도 않은 이 시점에.

500명의 독자가 악의를 손에 꼭 쥐고 줄을 이었다. 저마다 초면인 좌우 사람들과도 웃는 얼굴로 이야기를 나누며 새삼스레 놀라움을 표시하고 있었다.

"정말 놀랐어요. 하 선생님, 악의를 감명 깊게 읽고 팬 미팅 신청해서 왔는데 여기서 아까 하 선생님 뵙고 너무 반가웠거든요. 저 하 선생님 작품도 너무 좋아하니까요."

"아, 진짜 하 선생님이 에이든 스미스였다니. 너무 놀라서 경황도 없고……! 저 예전에 하 선생님 스무 살의 여름 때도 사인회 갔었는데 뭔가 선택받았단 이 기쁨이!!"

"와, 진짜 아직도 믿어지지가 않네요. 전 앞뒤로 사인 두 번씩 받으려고요. 하나는 하재건으로 받고 또 하나는 에이든 스미스."

"악의도 영화로 나오는 건가요? 주인공은 딱 한국인이겠네요? 혹시 이번에도 박도준 님이 주연을 맡게 될까요?"

재건이 부지런히 사인을 해주고 있는 사이, 보안 실장으로부터 보고를 받은 명석은 단상 뒤쪽을 돌아보며 고개를 끄덕였다. 어느 정도 예상은 했지만 취재진에 이어 영화 배급사 및 방송사 드라마국 관계자들까지 몰려들고 있다니. 이런 상황에 정문으로 빠져나간다는 건 말도 안 되는 일이다.

'공쿠르상이라……. 확실히 대단하긴 하지.'

명석은 얼마 전 한국인 최초로 영국 문학상 맨부커상을 수상했던 모 작가의 일을 떠올리고 있었다.

수상 소식이 전해진 당일에 7,000권 이상의 책이 팔려 나갔다. 하루 만에 판매량이 무려 16배 이상 뛰었던 것이다.

'악의는 얼마나 팔리려나.'

재건은 진즉부터 한국 소설계에서 정점을 찍은 작가다. '악의'도 실명으로 출간했다면 국내에서는 지금쯤 100만 부를 가뿐히 넘기고도 남았을 터였다. 16배가 아니라 160배 이상 판매량이 급증할지도 모를 일이다.

행복한 비명을 질러야 할 앞날이 기대되어 절로 웃음이 나는 명석이었다. 이미 인쇄소에서는 그의 철두철미한 안배로 품절을 대비한 대량 증쇄가 이뤄지고 있었다.

드르륵!

"어, 유진아."

명석은 만삭의 아내로부터 걸려온 전화를 기쁜 목소리로 받았다. 그보다 두 배는 밝은 유진의 목소리가 되돌아왔다.

–위저드리랑 틴센트 쪽에서 거의 동시에 전화 걸려왔어. 지금 양쪽 다 사내가 뒤집어졌대. 하 선생님한테 전화 여러 번 넣어도 받질 않는다고 나한테 걸어왔더라고.

"팬 미팅 중이라 바쁘시니까. 지금 본사 앞에도 판권 때문에 장난 아니야. 영화 배급사 뉴던이랑 MBS 방송국에서 PD

까지 직접 달려왔다더군."

–공쿠르상 수상작이라는 타이틀 하나가 몇십억 공들인 마케팅 안 부럽지. 지금 미국 쪽에서도 반응이 상당해.

"그래, 역시 인터넷 세상은 무섭도록 빨라."

–바쁜 사람 붙잡고 너무 길게 대화하면 안 되겠다. 팬 미팅 끝날 즈음에 톡 한 번만 줘. 틴센트 린민홍 부장이 제발 통화 한 번만 하고 싶다고 안달이 났으니까. 오늘 밤 비행기로라도 당장 한국에 올 기세야.

"알았어, 이따 다시 연락하자."

전화를 끊고 주머니에 넣기도 전에 또 핸드폰이 울렸다. 이번에는 웅성 영업부에서 걸려온 전화였다. 주요 대형 서점 곳곳에서 '악의'의 품절이 임박했다는 보고에 또 바삐 걸음을 옮기는 명석이었다.

BIG LIFE

"고생 많으셨습니다, 하 선생님. 팔 많이 아프실 텐데 정말 고맙습니다."

"아닙니다. 찾아와 주셔서 저도 무척 고맙습니다."

마지막 독자가 돌아서고 사인회는 끝을 맺었다. 재건은 주변 시선을 피해 탁자 밑에서 몰래 손목을 주물렀다. 간만의 사인회가 남긴 통증은 이번에도 작지 않았다.

"하 선생님, 이제부터 취재진들이……."

"네, 알고 있습니다."

재건이 가볍게 양어깨를 들썩이고는 일어섰다. 사전 신청으로 입장한 취재진들과의 질의응답이 남아 있다. 독자들이 여전히 자리를 지키고 있는 것도 이 때문이다.

에이든 스미스가 재건이었다는 사실이 밝혀진 지금, 기자들은 준비해 온 질문의 태반을 버리고 새로이 준비를 해야만 했다.

"즉석에서 질문을 만들어내야 하는 저희 입장을 헤아려 주시면 감사하겠습니다. 그러니까 그…… 아니, 잠깐만요. 하재건 선생님, 이거 정말 농담하신 거 아니죠? 뭐 에이든 스미스 작가와 협의된 몰래카메라 같은 거 아닌 거죠?"

"한국만이 아닌 전 세계의 독자를 목표로 편견 없이 읽히고 싶다고 하셨는데요. 실제로 지금 미국은 물론 유럽, 특히 공쿠르상을 수상하신 프랑스에서는 특유의 음울한 분위기 때문인지 기존부터 판매량이 아주 좋게 나오고 있었거든요? 동양인 작가로서 예전과는 이러이러한 점이 달라졌다 싶으신 거 있으십니까?"

"지금 막 들어온 정보인데 반디 앤 루니아 본점에서 악의가 완전히 품절됐다고 하네요. 뉴스가 나가고 몇 시간이 채 지나지도 않은 시점인데요. 판매량이 어느 정도까지 나올 수 있다고 보십니까? 영화화 계획은 사전부터 있었던 겁니까?"

재건은 가능한 한 성심성의껏 기자들의 질문에 진솔한 대답을 들려주었다. 기자들은 노트북과 태블릿 PC를 두들겨 가며 재건의 답변을 한마디도 빼먹지 않고 메모했다.

단문의 메모들은 즉석에서 살이 붙어 계속해서 기사로 올라갔다. 덕분에 이 자리에 오지 못한 전국 수백만 독자의 궁금증이 어느 정도 해소되고 있었다.

한참 더 시간이 흘렀다. 다음 기자의 질문이 이어지기 직전의 공백에 명석이 끼어들었다. 점점 땀을 훔치는 빈도가 느는 재건을 두고 볼 수 없었다.

"이쯤에서 일정을 마치겠습니다. 이미 예정된 종료 시각을 훌쩍 넘겼고 하 선생님께서 상당히 피로하신 상태이니 양해 부탁드립니다."

재건은 명석과 보안 요원들의 인도에 따라 다목적 홀 후방의 비상구를 통해 퇴장했다. 날랜 걸음으로 차에 오르고 나서야 명석은 비로소 한숨 돌리며 말을 꺼냈다.

"예상은 했지만 본사 앞이 난리도 아닙니다. 취재진은 물론이고 판권 때문에 몰려든 담당자도 한두 사람이 아니라서요. 오늘은 제가 모셔다 드리고, 선생님 차는 직원을 시켜 가져다 드리도록 하겠습니다."

"그럼 오늘만 실례하겠습니다."

"그런데 생각해 보니 걱정입니다. 오늘은 선생님 댁에도 취재진이 엄청 들이닥쳤을 텐데요."

"저도 마침 그 생각을 좀 하고 있었어요. 아내 집으로 가야겠습니다. 주소 불러드릴게요."

내비게이션 목적지가 수희의 아파트로 변경되었다. 뒷좌석에 나란히 앉은 명석은 희미하게 웃으며 말했다.

"저는 솔직히 오늘 하 선생님 보고 좀 놀랐습니다."

"놀라셨다고요?"

"권 의원과 우 감독을 현장에서 그렇게 언급하실 거라고는 생각하지 못했거든요."

재건이 피식 웃으며 코끝을 긁었다. 뒤이어 천천히 미소가 지워지는 얼굴로 그는 대꾸했다.

"저도 사람이라서 그런지…… 어쩔 수 없이 아주 가끔씩은 화가 날 때도 있는 것 같습니다."

"하하하……."

웃음이 채 그치기 전에 핸드폰이 울렸다. 린민홍 부장의 전화였다. 재건은 명석과 눈짓을 교환하고는 핸드폰을 귓가로 가져갔다.

"네, 부장님. 안녕하셨어요?"

—공쿠르상 수상을 진심으로 축하드립니다, 하 선생님! 굉장히 감동했고 또 놀랐습니다. 장르적 구분도 국경도 전부 파괴해 버리는 선생님의 압도적인 필력에 다시금 경탄했습니다.

전화가 연결되자마자 찬사가 쏟아진다. 곁에 앉은 명석에게도 훤히 들릴 만큼 큰 목소리로.

머쓱해진 재건이 대답을 하려는 찰나에 린민홍이 또 말을 이었다.

—지금 바로 옆에 마오옌 대표님도 함께 계십니다.

"아, 대표님도요?"

—네, 한국어를 몰라서 선생님과 직접 통화할 수 없는 것이 안타깝기 그지없다고, 죄송하다고 전해드리라고 하십니다.

"중국어를 제대로 배우지 못한 저도 죄송합니다."

—대표님께서 빠른 시일 안에 꼭 한번 뵈었으면 좋겠다고 하십니다. 하 선생님, 당장은 지존록 시리즈도 마무리하셨고 악의도 끝내셨으니 시간을 내주실 수 없으실까요?

"아, 으음…… 네."

재건이 말끝을 흐리며 잠시 일정을 되새겼다. 린민홍의 말대로 당장 급한 일은 없다. 더불어 중국은 가까운 나라니 조만간 하루쯤 기분 전환 삼아 다녀와도 좋으리라.

"알겠습니다, 제가 내주쯤 한번 가겠습니다."

–아닙니다. 저희가 찾아뵙겠습니다.

"네?"

–마오옌 대표님께서 직접 한국으로 가시겠다고 하십니다. 하 선생님 집필 때문에 피곤하실 텐데 비행기로 먼 길 오시게 하실 수가 없다고요. 저희가 한국으로 가겠습니다.

재건이 즉답하지 못하고 목울대를 울렸다.

틴센트 픽처스의 수장씩이나 되는 사람이 직접 행차하겠다는 이야기다. 99% 이상의 확률로 판권 계약 이야기가 나올 터였다. '악의'는 아직 중국 시장에 진출하지 않은 상태다.

"알겠습니다."

재건이 비로소 말을 이었다.

판권 계약에 관해 거론하는 건 조금 이른 시기라는 생각이 들어 부담스러운 부분도 없진 않았으나 일단은 수락했다. 지금까지 물심양면으로 자신을 지지해 준 마오옌에게 작게나마 보답하는 마음도 있었다.

"한국으로 찾아와 주시면 감사하죠. 그럼 일정 정해지시면 연락 부탁드릴게요. 제가 맛있는 음식 대접해 드리겠습니다."

–네, 선생님. 마지막으로 다시 한번 축하드리고요. 곧 연

락드리겠습니다.

재건이 전화를 끊자마자 이번엔 명석의 핸드폰이 울렸다. 부하 직원의 보고를 듣자마자 명석은 허리를 꼿꼿이 폈다.

"벌써 품절이라고요? 2만 부가 벌써 동이 났단 말이에요?"

-네, 편집장님. 지금 인터넷 서점이 난리가 났습니다. 거기에 오프라인까지 하 선생님 뉴스 나간 이후로 서점마다 재고분이 죄다 동이 나고 있습니다. 증쇄에 차질은 빚지 않고 제 시간에 맞추도록 최선을 다해보겠습니다.

"알겠어요. 상황 보고 다시 전화 주세요."

핸드폰을 거둬들인 명석이 혀를 내두르며 말했다.

"하 선생님, 서울 시내 모든 대형 서점은 물론 인터넷 서점까지 악의가 매진됐답니다."

"벌써요?"

"반디 앤 루니아에서만 8,000권 이상이 나갔다는 보고는 아까 받았는데요. 솔직히 지금 몇 시간 지났다고…… 이렇게 빨리 2만 부 이상이 팔려 나가리라고는 저도 예상 못 했습니다."

안경을 고쳐 쓰는 명석은 놀라서 웃지도 못하고 있었다.

"선생님의 역대 베스트셀러 기록을 경신하게 될 것 같습니다. 아니, 한국 베스트셀러의 새 역사를 쓰게 될지도 모르겠습니다. 제가 장담하는데 국어 교과서에도 악의가 실리게 될 겁니다.”

좀처럼 볼 수 없는 명석의 호들갑이 우스워서 재건은 웃음을 터뜨렸다.

온몸이 기분 좋게 늘어졌다. 또 한 차례 커다란 산을 넘었다는 뿌듯함이었다. 지금 이 순간 가장 보고 싶은 사람은 생전 한 번도 만나보지 못한 대선배였다.

BIG LIFE

“네, 아버지. 잘 마치고 돌아왔습니다. 아니요, 수희 아파트로 왔어요. 제 집으로는 기자들이 몰려와서 도저히 들어갈 수가 없을 것 같아서요. 네, 제가 며칠 안에 수원으로 내려가겠습니다. 쉬세요, 아버지.”

전화를 끊고 난 재건은 한숨을 내쉬며 겉옷을 벗었다. 안락한 집으로 들어오고 나니 피로가 배로 느껴졌다. 확실히 팬 미팅 현장에서 기력을 꽤나 소비했다.

“많이 힘들지? 얼른 들어가서 씻어.”

“같이 안 들어가?”

“난 작은방 욕실에서 씻을 거야.”

“아니, 왜? 나 등 안 밀어줘?”

“네 속 모를 줄 알고?”

"진짜 안 건드릴게. 손가락 하나 까딱 안 할게."

"수십 번 속은 걸로 충분하거든요? 오늘은 정말 위험한 날이라서 안 돼. 정 같이 씻고 싶으면 편의점에라도 다녀오든가. 그거 다 떨어졌다고 아침에도 얘기했잖아."

"알았어, 지금 당장 편의점 갔다 온다."

"근데 내가 안 기다려 줄 거지롱."

수희가 혀를 쏙 내밀고는 작은방 욕실로 들어가 문을 잠갔다. 재건은 나라 잃은 사람처럼 낭패에 젖어 외로이 홀로 욕실에 들어섰다.

각자 목욕을 마치고 두 사람은 저녁상 앞에 마주 앉았다. 생선찜에 한 잔의 와인이 곁들여진 둘만의 조용한 자축. 부드러운 음악이 흘러나오는 가운데 마주 보는 두 사람의 입가에서는 미소가 그치지 않았다.

몇 잔의 와인을 마셨을까. 뺨이 발그레해진 수희가 두 손으로 턱을 괴었다. 살며시 풀린 눈으로 재건을 빤히 들여다보면서 그녀는 혼잣말처럼 중얼거렸다.

"우리 남편 어쩜 이렇게 멋있을까."

재건도 피식 웃으며 수희를 바라보았다. 농밀하게 무르익은 공기가 두 사람의 살갗으로 와닿았다. 마주친 채 떨어질 줄 모르는 두 사람의 시선은 술기운에 힘입어 점점 더 뜨거워졌다. 부부 생활이라는 것이 아무리 계획을 짜도 이렇게 흘러갈 수 있는 거구나 하고 재건은 막연히 생각했다.

그날 밤.

재건은 편의점에 가지 않았다.

146장
너 혼자 있었어

[하재건의 숨겨진 '악의', 극에 다다른 문학적 감성으로 전 세계 독자들의 폐부를 관통하다.]

[한국 작가 최초 프랑스 공쿠르 문학상 수상, 상품화된 감정을 지닌 한 현대인의 인생에 관한 보고.]

명석의 예측은 호들갑으로 그치지 않았다.

에이든 스미스의 정체가 재건이었다는 사실이 밝혀지자 그야말로 한국 소설계는 발칵 뒤집혔다. 재건이 과거 디지털 문학상과 현대청년문학상을 수상하긴 했으나, 그간 상대적으로 돋보였던 성과는 2차 창작이 활발히 이뤄진 장르 쪽일 수밖에 없었다.

상업적 측면에서 역사에 남을 성적을 구축한 작가가 이번에는 한국인 최초로 공쿠르 문학상을 수상했다.

프랑스의 내로라하는 문인들도 평생을 갈망하는 영예를 불과 30살의 젊은 나이에 거머쥔 것이다. 이것은 장르와 문단의 경계가 엄격한 한국에서 난리가 나지 않는 게 이상할 대사건이었다.

상업성을 집요하게 물고 늘어지면서 재건의 문학 세계를 공격했던 사람들은 태반이 할 말을 잃었다.

사정은 평론가들도 다르지 않았다. 재건을 부정적으로 평가해 왔던 평론가들의 SNS에는 네티즌들의 비난이 줄기차게 이어졌다.

—ㅋㅋㅋ (자칭)평론가님? 팩트가 나왔는데 왜 아무런 말씀이 없으시죠? 악의 읽어보신 소감 한 번만 더 들려주세요.

—악의를 예시로 들면서 하재건은 우물 안 개구리라고 했던 글 그새 지우셨네? 이 일을 어쩌나, 이미 캡처본 다 돌고 있는데.

—하재건은 운이 좋아 감투를 쓴 B급 작가라고 통렬한 일침을 가하신 평론가님? 오늘따라 당신의 예리한 안목이 유독 그립습니다.

—평론가님 직장에서 해고되면 연락주세요. 저희 집 식당해서 사람 구해요. ^^

평론가들은 네티즌들의 쏟아지는 비난에 아무런 대답을 하지 못했다. 대다수가 하루에도 수십 개씩 자기 생각을 늘어놓던 SNS 활동을 멈추고 인터넷 세상에서 완전히 자취를 감췄다.

그 와중에 또 한 사람의 평론가는 뉴스까지 탔다. 재건이 이윤만을 추구하는 펄프 픽션 작가라고 유명 문단 문학 월간지를 통해 유난히 강렬한 비판을 거듭했던 평론가였다.

'악의'의 작가가 재건이었다는 사실이 밝혀진 이후, 이 평론가가 고정 패널로 출연하던 문학 관련 라디오 프로그램 게시판에는 애청자들의 비난이 쇄도하기 시작했다. 방문자 급증으로 인한 트래픽 초과로 사이트가 마비될 정도였다.

끝내 해당 평론가는 애청자들의 비난을 견디지 못하고 프로그램에서 자진 하차했다. 마비된 사이트가 채 복구되기도 전에 벌어진 일이었다.

[하재건 작가의 악의 돌풍이 무섭습니다. 지금 제 뒤로 보이는 행렬은 특별한 행사 때문이 아닙니다. 모두 악의를 구입하려고 서점을 방문한 독자들의 모습인데요.]

뜨거운 관심은 즉시 판매량으로 이어졌다. 5쇄, 6쇄, 7쇄를 따지는 것이 무의미한 상황이었다. 한 인터넷 언론에서는 찍어내는 부수 이상으로 팔리고 있으니 구입할 도리가 없다는 푸념이 나올 정도였다.

“김 대리! 창고로 가져가지 말고 전부 매대로 가져와.”

“네? 점장님, 오늘은 입고된 게 500권인데요?”

“어제 매출 보면 답 안 나와? 수고롭게 할 것도 없어. 오전 중에 전부 소화될 테니까 매대로 가져다 놔.”

서울을 비롯한 한국 전 지역의 대형 서점에는 ‘악의’ 전용 판매대가 구비되었다.

서점 직원들은 ‘악의’를 보관해 두기 위해 창고까지 운반할 수고를 겪지 않아도 되었다. 보관할 틈도 없이 입고되는 족족 팔려 나가는 까닭이다.

덕분에 명석과 유진 부부는 눈코 뜰 새 없이 바빠졌다. 남편은 웅성출판그룹의 편집장으로서, 아내는 판권을 판매해야 하는 에이전트로서 ‘악의’를 위해 전력을 다했다.

전 세계 각국의 업체로부터 하루에 수백 건씩 메일이 날아들고 있었다. 하나같이 ‘악의’ 판권을 구매하고 싶다는 내용이었다. 공쿠르상 수상을 발판으로 삼아 해외에서도 그 진가를 발휘하기 시작한 것이다.

12월을 코앞에 둔 겨울의 어느 저녁.

유진은 이제 막 퇴근한 명석에게 놀라운 소식을 전해주었다. 명석은 웃옷을 마저 벗지도 못하고 멈춰 서서 입을 떡하니 벌려야 했다.

"1위? 벌써 1위라고?"

"그렇다니까."

유진은 핸드폰 화면을 명석의 눈앞에 들이댄 채로 생글거리며 웃고 있었다.

화면을 채우고 있는 것은 주간 베스트셀러 순위표였다.

명석이 경악한 이유는 순위표가 한국이 아니라 프랑스 것이기 때문이었다.

당당히 1위를 차지하고 있는 작품은 재건의 '악의'였다. 판매량은 무려 37만 7,000부를 기록하고 있었다.

"이렇게 빠를 줄이야. 한국에서야 한참 전에 1위 탈환했지만 프랑스에서는 조금 더 시간이 걸릴 줄 알았는데."

"공쿠르상 수상한 이후에 판매량이 5배 이상으로 급증했대. 에뚜왈 출판사 담당자랑 통화하고 들었어."

"이거 순위표 확실한 거야? 나도 프랑스 쪽은 잘 몰라서."

명석이 조금은 미심쩍은 눈초리가 되었다.

유진은 즉시 화면을 아래로 내리며 대꾸했다.

"르 피가로에서 나온 뉴스거든요?"

"아아……."

그 이름만으로 납득하고 고개를 주억거리는 명석이었다.

'르 피가로'는 1826년에 창간된 프랑스의 일간신문이다. 세계적으로도 권위를 자랑하는 유력지로서 르 몽드, 리베라시옹과 더불어 프랑스 3대 일간지로 손꼽힌다.

"프랑스도 베스트셀러 선정 방법이랑 기준이 엄격해. 프랑스 본토 내에서 서적을 유통하는 모든 유통 업체를 대상으로 조사하거든. 3,500군데쯤 되지. 서점부터 마트, 편의점 할 거 없이 책 취급하는 곳은 전부. 인터넷 판매도 당연히 포함되고."

"역시 당신 유능한 에이전트야. 해박한 지식에 감탄했어."

"들어봐. 작년까지만 해도 프랑스 베스트셀러 상위권은 대중 소설이 득세했어. 항상 그래왔는데 그 추이가 조금씩 바뀌기 시작했어. 하 선생님의 악의 때문에 프랑스 독자들의 경향이 움직이는 거라고. 여기 관련된 기사도 리베라시옹에 실렸어. 볼래? 아니, 보여줄게."

유진이 신나서 핸드폰 화면 위로 손가락을 놀렸다. 명석은 못 당하겠다는 듯이 웃고는 유진을 끌어안았다. 몸에 와닿는 아내의 부푼 배가 따스했다.

“더 보기 귀찮아서 이러는 거지?”

“아니, 당신을 사랑하는 마음을 주체할 수 없어서.”

“내가 더 많이 사랑해. 하지만 아직 프랑스 말고도 보여줄 것이 남았어.”

유진이 살며시 명석을 밀어내고는 인터넷 기사 하나를 찾아 보여주었다. 이번에는 프랑스가 아니라 독일 언론에서 나온 뉴스였다.

[가히 올해 최고의 문학이라 칭송할 만하다 – 프랑크푸르트 알게마이네 차이퉁]

“으음…….”

“제목만 봐도 느낌이 오지? 독일에서도 불이 붙기 시작했어. 출판사 얘기 들어보니 어제부로 5쇄 들어갔대.”

명석은 고개를 끄덕이며 집중해서 기사를 읽었다.

독일에서 출간된 ‘악의’를 향한 언론의 찬사가 이어지고 있었다. 대표적인 주간지 ‘슈피겔’과 일간지 ‘타게스슈피겔’, ‘프랑크푸르트 룬트샤우’ 등등이 일제히 ‘악의’를 극찬하고 있는 것이었다.

“독일에 대해서도 유능한 에이전트로서 설명 좀 해줄까?”

팔짱을 꿰고 선 유진이 씩 웃으며 입을 열었다.

"독일은 도서 구매자의 40% 이상이 방송을 통해서 정보를 얻어. 전통적으로 문학을 다루는 데에 있어 방송 매체가 중요한 역할을 해왔거든."

"그래서 이 상황이 더욱 대단하다는 얘기로군."

"그렇지. 독일 공영 방송 체데에프에서 하는 문학 사중주라는 프로그램이 있어. 독일에서 가장 영향력 있는 문학 프로그램이기도 한데, 다다음 방송분에서 악의를 다룰 예정이래."

"그게 정말이야?"

"왜 이런 걸로 농담을 하겠어. 이제 프랑스 다음은 독일이 될 거야. 독일 다음엔 어디일까? 오늘은 영국에서만 17군데 출판사가 판권 좀 팔아달라고 전화를 해왔는데. 후후훗."

유진이 웃다 말고 갑자기 무표정해졌다.

"……!"

두 손은 자신의 부푼 배 위로 천천히 내려가고 있었다.

"왜 그래?"

"발길질이 느껴졌어……."

"괜찮아?"

"응, 자주 있는 일이긴 한데…… 아, 아파……! 여보…… 나 배가 너무 아파!"

유진이 울상이 되어 침대에 주저앉았다. 사색이 된 명석이 문을 열고 소리치자 금세 사람들이 달려왔다.

BIG LIFE

세상이 온통 '악의'로 시끄러운 즈음.

정작 작품을 쓴 재건의 일상은 조용하기만 했다. 어지간해서는 집밖으로 나가는 일도 없었다. 수희의 아파트에 틀어박혀 느긋하게 글을 쓰고, 리카와 눈솔을 데리고 놀아주고, 독서를 하고 영화를 보고, 퇴근 후 돌아올 수희를 위해 온갖 해괴한 요리를 연구하기도 하면서 편안히 시간을 보내고 있었다.

12월의 어느 아침, 수희가 출근한 뒤 혼자 독서하고 있던 재건은 한 통의 전화를 받고 책을 덮었다.

"네, 린민홍 부장님. 잘 도착하셨어요? 아아, 네. 알겠습니다. 저는 어떤 식당이라도 좋습니다. 네, 그럼 이따 저녁에 여의도에서 뵙겠습니다."

전화를 끊고 난 재건은 한껏 기지개를 켰다. 오늘은 마오옌 대표와 린민홍 부장을 만나야 하는 날이다. 간만에 외출할 생각을 하니 몸이 천근만근 무겁기만 했다.

'잠도 안 오고…… 심심한데 일찍 나가서 좀 돌아다닐까?'

마음을 정한 재건은 서둘러 샤워를 마치고 옷을 입었다.

노트북을 챙긴 가방을 짊어지고 신발을 신는 사이 핸드폰이 울렸다. 액정에 떠오른 반가운 이름은 정진이었다.

"네가 평일 이 시간에 갑자기 어쩐 일이야?"

—받자마자 제 질문부터 해대는 건 여전하네. 나 지난 주말 빌드 맞추느라 출근해서 대신 오늘 회사 쉰다. 넌 뭐 하냐?

"계속 집에만 처박혀 있었더니 찌뿌드드해서 나가려던 참이었어. 서점 들렀다가 단골 카페나 갈까 생각하고 있었지."

—잘됐네, 그럼 오늘 나랑 좀 놀아주라.

"야, 근데 내가 저녁에는 틴센트 픽쳐스랑 약속 있어. 7시까지는 여의도로 가야 되는데 괜찮아?"

—그 시간이면 효진이도 퇴근해. 내가 우리 사랑스런 와이프 놔두고 너랑 7시 넘어서까지 놀 것 같냐?

"어이구, 그러세요. 그럼 알았어. 어디서 만날래? 난 지금 나가는데."

—난 대충 1시간 반은 걸리겠다. 너 그 단골 카페 주소 좀 톡으로 보내줘. 어차피 너 거기서 글 쓰고 있을 텐데 내가 그리로 갈게.

"오케이. 이따 봐."

집을 나선 재건은 추위에 몸을 움츠리고 잰걸음을 향했다.

마을버스에서 다시 지하철로 갈아타면서 보이는 세상 풍

경이 좋았다. 카페에 도착하기까지 특별한 까닭도 없이 내내 웃음이 났다.

“아이고! 에이든 스미스 작가님 아니십니까!”

카페 문을 열고 들어서자마자 사장은 박수를 마구 쳐 대며 너스레를 떨었다.

카페 내부를 둘러본 재건은 자신이 오늘의 첫 손님이란 걸 알고 미간을 좁히며 웃었다. 들을 손님들이 없어서 다행이었다.

“별고 없으셨어요?”

“네, 오늘 아침에 배탈이 나서 조금 가게 문을 늦게 연 것 빼고는 아무 일 없었습니다. 그런 것보다 정말 언제 오시나 하고 목이 빠지도록 기다리고 있었어요. 악의에 사인부터 좀 부탁드립니다.”

재건은 사장의 책에 사인을 해주고 자신의 전용 좌석에 자리를 잡았다.

잠시 후 사장이 준비된 음료를 쟁반에 받쳐 들고 파티션을 지나 나타났다.

“이렇게 매번 직접 가져다주시지 마세요.”

“하 선생님 덕분에 저희 카페 유명해지고 매출이 몇 배로 뛰었는지 아십니까? 그런 말씀은 하시지도 마세요. 제 마음 같아서는 하 선생님께는 돈도 절대 받고 싶지 않은 게 제 솔직한 심정입니다."

너무나 단호하고 강경한 어조여서 재건은 더 말하지 못하고 쓴웃음을 지었다. 사장이 제 가슴을 주먹으로 두드리며 자신 있게 덧붙였다.

"드시고 싶은 건 메뉴판에 없어도 좋으니 뭐든지 말씀하세요. 제가 전부 다 만들어 드리겠습니다."

"항상 고맙습니다, 사장님."

"하하, 그럼 이만 집필하시는 데 방해되지 않도록 저는 물러가겠습니다."

재건은 맛있는 커피를 한 모금 마시며 노트북 전원을 켰다.

원고 프로그램을 구동시키고 얼마간 타자를 두들기고 있을 때였다. 문득 지척에서 인기척이 느껴져 돌아보니 개량 한복을 입은 노인이 서 있었다.

"아, 어르신. 안녕하셨어요."

"자네, 성과가 대단하더군."

노인이 인사를 생략하고 바로 대꾸했다. '악의'를 말하고 있음을 모를 리 없는 재건은 수줍게 웃으며 고개를 숙여 보였다.

"지나가다 자네 보고 들렀어. 칭찬해 주고 싶어서."

"정말 감사합니다. 어르신의 도움이 정말 컸습니다."

"자네는 지금보다 훨씬 더 큰 작가가 될 거야. 온 세상의 독자들이 자네의 글줄에 울고 웃게 될 거야. 그러니 아무리 힘든 순간이 와도 포기하지 말게. 자기 자신을 믿고."

"과한 칭찬에 몸 둘 바를 모르겠습니다. 포기하지 말라는 말씀은 새겨듣겠습니다."

유난히 길게 덕담을 늘어놓은 노인은 이내 메마른 입술을 실룩이며 웃었다. 좀처럼 보기 힘들었던 그의 웃음 앞에서 재건도 절로 입가에 미소를 머금었다.

바로 그때, 노인의 어깨 너머로 정진이 나타났다.

"야, 나 엄청 빨리 오지 않았냐?"

"어, 진짜 생각보다 빨리 왔네. 아, 제 친구예요. 정진아, 이쪽은……."

"미안한데 좀 있다 말하자. 나 요구르트 상한 거 먹었나 봐. 여기 화장실 어디야? 억, 싼다."

정진이 화장실을 발견하고 부리나케 뛰어갔다. 재건은 노인에게 고개를 조아리며 사과하듯이 말했다.

"죄송해요, 엄청 급했나 봅니다."

"그래, 나는 이만 가네."

노인이 끙 소리를 내며 몸을 돌렸다. 한 걸음을 앞으로 내디디며 재건이 말을 붙였다.

"차라도 한잔하시고 가시죠, 어르신."

"아니야, 이제 또 내려가 봐야지."

"경주 말씀이신가요?"

"응, 그려. 잘 있고 또 만나세."

노인이 휑하니 파티션 너머로 사라졌다.

그간 짧은 만남이 거듭된 까닭일까. 이제는 이렇게 노인과 잠시 만났다가 기약 없이 헤어지는 것도 재건에게는 제법 익숙해졌다.

다시 몇 분의 시간이 지났다. 화장실에서 용무를 마친 정진이 실실거리며 돌아왔다.

"진짜 쌀 뻔했다. 어떻게 지하철에서 내리자마자 터지냐."

정진의 호들갑에 재건은 대답 대신 희미하게 웃었다. 어쩐지 멍한 그의 얼굴을 보고 정진은 고개를 갸웃거렸다.

"표정이 왜 그렇게 멍해?"

"그냥, 잠깐 생각 좀 하느라고."

"무슨 생각? 수희 생각?"

"아니……."

재건이 짧은 한숨을 내쉬며 노인이 사라진 파티션 쪽으로 눈길을 옮겼다.

"방금 같이 있었던 어르신 생각 좀 했어."

"방금? 누구?"

정진이 두 눈을 동그랗게 뜨고 되물었다.

재건은 이해가 가지 않는다는 표정으로 쳐다보며 대꾸했다.

"여기 서 계셨던 어르신. 너 화장실 들어가기 전에 봤잖아."

"뭔 소리야, 너?"

"너 어지간히 급한 게 아니었나 보다. 내가 너 오자마자 제 친구라고 소개도 했는데."

재건이 혀를 끌끌 차며 웃었다.

하지만 정진은 여전히 전혀 웃지 않는 얼굴이었다.

"소개는 무슨 소개를 했다는 거야? 어? 아, 제 친구예요라고 네가 했던 말? 너 그거 노트북으로 누구랑 화상 통화하고 있었던 거 아니야?"

"박정진이 오늘따라 왜 이렇게 쓸데없는 장난으로 에너지를 소모하지?"

"너 노트북으로 자주 회의하고 그러잖아. 대체 어르신이라는 사람이 누군데?"

재건의 얼굴에서도 웃음기가 사라졌다. 사뭇 심각해진 눈빛으로 그는 진지하게 말을 이었다.

"그러니까 말했잖아. 너 들어왔을 때 내 옆에 계셨던 어르신. 개량 한복 입으셨고. 코앞인데 네가 아무리 화장실이 급했다고 해도 못 봤을 리가 없는데……."

"야, 재건아. 너 지금 나랑 장난하는 거냐?"

"대체 뭐가 장난이라는 소리냐? 그만하자, 좀."

돌연 정진이 입을 꾹 다물었다. 한껏 확장된 두 동공이 파르르 떨리고 있었다. 몇 번이나 목울대를 울리면서 그는 재건의 얼굴을 뚫어져라 바라보기만 했다.

"뭐야? 어? 박정진, 말을 해. 대체 뭔데?"

"야, 재건아."

"왜."

"너 진짜로 장난하는 거 아니지?"

"무슨 장난?"

정진이 제 뒷목을 주무르며 고개를 이리저리 갸웃거렸다. 이윽고 테이블 위로 상체를 바싹 기울이더니 재건과의 거리를 좁혔다.

"너 정말 괜찮아진 거 맞아?"

"이건 또 무슨 뜬금없는 질문이야?"

"명훈이 일 이후로 정말 괜찮아진 거 맞냐고. 요즘 잠은 잘 자? 수희랑 사이도 원만하고? 부모님이랑 누님하고도 연락 자주 하는 거고?"

"계속 이러면 나 진짜 화낸다."

재건이 짐짓 화난 기색으로 한쪽 눈두덩을 실룩였다.

정진은 핏기가 가신 얼굴로 주변을 한 차례 돌아보았다.

그러고는 두 눈을 감고 긴 한숨을 내쉬는 것이었다.

"야, 박정진. 대체 왜 이러는데?"

"재건아……."

"말을 하라고."

"너 혼자 있었어."

"……?"

재건이 두 눈을 치켜뜬 채로 움직임을 멈췄다.

정진은 다시금 호흡을 가다듬더니 재건에게만 들릴 만큼 작은 목소리로 덧붙였다.

"……여기 너 혼자 있었다고, 재건아."

147장
집안싸움을 면했어요

짜깍짜깍.

클래식 선율을 누르고 튀는 벽시계의 초침 소리가 유난히 재건의 고막을 울렸다.

떨리는 시야에 차오르는 것은 조금 전까지만 해도 함께 있었던 노인의 표정이었다.

"재건아?"

잠시 후 정진이 다시금 말을 붙였다. 노인의 얼굴이 사라지고 점점 더 심각해져만 가는 친구의 얼굴이 눈앞을 채웠다.

재건은 초점을 되찾은 두 눈을 두어 번 깜박였다. 마치 이제 막 잠에서 깨어나기라도 한 것처럼.

도대체 이게 어떻게 된 일일까.

아무리 봐도 정진이 장난을 치는 것으로 여겨지지는 않는다.

하지만 노인은 분명히 함께 있었다. 불과 1~2미터의 간격이었는데 보지 못했다고?

답은 세 개였다. 자신이 잘못됐거나, 정진이가 잘못됐거나, 혹은 장난이거나.

하지만 아무리 생각해도 정진은 이럴 친구가 아니다. 장난이라도 이렇게 길게 끌어갈 성격이 못 된다.

바로 그 순간, 상 위로 새하얀 케이크가 담긴 접시가 놓였다.

"잠시 실례하겠습니다. 친구분도 오셔서 특제 슈크림 케이크 서비스로 준비했습니다."

재건은 사장에게 고맙다는 말도 못 하고 멀거니 케이크만을 내려다보았다.

심상치 않은 분위기를 파악한 사장은 더 말하지 않고 돌아갔다.

"재건아, 너 정말 괜찮은 거냐?"

케이크를 뚫어지라 들여다보는 재건에게는 정진의 말이 제대로 들려오지도 않았다.

이렇게 된 이상 사장에게 확인해야 할 부분이 생겼다. 다만 마주 앉은 친구를 위해 말을 아꼈다.

그리고 재건은 난데없이 웃었다.

"픕."

"왜 그래?"

정진이 어리둥절해져 미간을 잔뜩 좁혔다. 흔들리는 눈꺼풀 사이로는 서늘한 공포감마저 어려 있었다.

"하하하하하……!"

뒤이어 재건은 상체를 앞뒤로 흔들며 못 참겠다는 듯이 크게 웃음을 터뜨렸다. 그걸로도 모자라 두 손으로는 손뼉까지 쳐 대는 것이었다.

이제 정진은 안색이 완전히 새하얗게 질린 채로 할 말을 잃었다.

손은 본능적으로 몸을 일으키려고 탁자 끝을 짚고 있었다. 당장에라도 정신병원에 가자고 말할 기세였다.

바로 그때, 재건이 말을 이었다.

"네가 이렇게 쉽게 걸려들 줄은 몰랐다."

"뭐……?"

정진이 멍청한 얼굴로 되물었다.

재건은 하도 웃어서 눈물이 난다는 듯이 눈가를 훔치고는 자신의 노트북을 가리켜 보였다.

"나 겨자 목욕탕 반응 좋았던 거 알지?"

"이 상황에 대화가 왜 겨자 목욕탕으로 이어지냐?"

"요즘 또 하나 공포물 구상하고 있었어. 주인공에게만 귀신이 보이는 상태인데 친구를 만나는 장면이거든."

"뭐라고……?"

어이없어하는 정진 앞에서 재건은 그저 안타깝다는 듯이 계속 웃을 뿐이었다.

"이 상황을 자연스럽게 묘사할 방법이 있어야지. 몇 번을 고쳐 써도 작위적으로만 나오더라고."

"그래서……."

비로소 재건의 말뜻을 깨달은 정진은 가슴 가득 흡입했던 숨을 훅 하고 토해냈다. 그리고 몇 초 후, 티슈 한 장을 뽑아 이마에 밴 땀을 닦아내더니 그는 물었다.

"그래서 지금…… 소설에 써먹을 자연스러운 장면이 필요해서 나를 이용했다는 거야?"

"미안하게 됐다. 대신 점심은 내가 쏜다."

"야, 이 자식아……!"

정진이 우악스럽게 자리를 박차고는 재건의 등 뒤로 가 섰다. 미국 프로레슬링 선수처럼 재건의 목을 조르고 흔들면서 그는 다그쳤다.

"내년이면 나이가 서른하난데 이런 철딱서니 없는 장난을 치고 싶냐?!"

"커, 컥! 미, 미안……! 진짜 이렇게까지 속아 넘어갈 줄은 몰랐지……! 그만해라, 커피……! 커피 쏟아지겠다…… 컥!"

애원에도 불구하고 정진은 재건을 실컷 괴롭혀 준 다음 다시 자신의 자리로 되돌아왔다. 뻐근한 뒷목을 주무르는 그는 분한 표정이 아니었다. 친구의 장난이었다는 사실에 그저 안도하는 얼굴이었다.

"내가 확실히 나이가 들었나 보다."

정진이 스스로를 비웃듯이 웃으며 입을 열었다.

"이런 저열한 장난에 속아 넘어가다니. 나이가 드니까 생각이 많아지나. 할 일이 없어서 하재건을 걱정하고 앉았네."

"그 마지막 말은 너무 심한 표현 아니냐? 친구끼리?"

"시끄러워, 자식아. 네가 무슨 친구야? 됐고, 밥이나 사."

"그래, 나도 배 좀 고팠는데 지금 나가자."

카페를 벗어난 두 사람은 점심을 먹고, 영화를 보고, 서점도 둘러보며 시간을 보냈다.

재건에게는 무척이나 고통스러운 몇 시간이었다. 불편한 마음을 숨기고 내내 친구 앞에서 웃고 있어야 했으니까.

"벌써 5시가 넘어가네. 너 7시 약속인데 이만 찢어지자."

"그래, 효진이한테 안부 전해주고. 조만간 또 보자."

지하철역에서 정진을 먼저 보내고 난 뒤 재건은 부리나케 카페로 달려갔다.

그리고 뭐라고 질문해야 할지 갈피를 잡지 못한 와중에 카페에 도착했다.

끼이익.

"어? 하 선생님? 또 오셨습니까?"

사장이 설거지를 하다 말고 놀라서 돌아보았다. 젖은 손을 탈탈 털며 다가오는 그 앞에서 재건은 할 말을 정리하고 있었다.

"뭐 놓고 가신 거라도? 제가 치울 때 특별히 눈에 띄는 건 없었습니다만."

"아니, 그런 게 아니라 좀 여쭤보고 싶은 것이 있어서요."

"저한테요? 뭐든지 물어보세요."

"전에 슈크림 케이크 주셨던 날 말입니다."

"슈크림 케이크요?"

사장은 잠시 볼을 부풀리며 생각하더니 이내 기억해 내고 고개를 끄덕였다.

"제가 야심차게 준비했다고 처음으로 한번 맛 좀 봐주셨으면 좋겠다고 드렸던 날 말씀이십니까?"

"네, 그날 맞습니다. 근데 그날……."

재건은 뒷머리를 긁적이며 카페 내부를 쓱 돌아보았다.

내측 자리에 몇몇 손님이 앉아 담소를 나누고 있었다. 결국 재건은 우회할 수 있는 질문을 쉽사리 떠올리지 못하고 직격으로 물었다.

“그날 저랑 같이 있었던 어르신 말이에요.”

“어르신이요?”

“네, 제 맞은편에 앉아 계셨던 분 말입니다. 사장님이 케이크 가져다주셨을 때요.”

“네?”

사장은 즉시 황당하다는 얼굴이 되어 이마를 찌푸렸다.

“그날 선생님 혼자 계셨잖습니까?”

“제가 혼자 있었다고요?”

재건은 그야말로 천지가 뒤집히는 기분이었다.

사장은 아무렇지도 않은 듯이 제 말을 잇고 있었다.

“제가 케이크 때문에 안쪽 주방이랑 식자재 창고를 좀 왔다 갔다 하긴 해서 정신은 없었습니다만, 제가 케이크 드시겠냐고 여쭤보러 갔을 땐 분명히 선생님만 계셨는데요. 확실히 기억합니다.”

“그러면……!”

재건이 무심코 목소리를 높이며 한 걸음 나섰다.

“저기, 그때 제가 그 어르신한테도 여쭤봤었잖아요. 달달한 케이크 하나 드시겠냐고. 어르신이 단 걸 안 좋아한다고 하셨고, 그래서 사장님이 제 것만 만들어주시지 않으셨어요?"

"기억납니다. 근데 그때 선생님 통화 중이신 거 아니었습니까?"

"통화 중이었다고요?"

"귀에 헤드셋 같은 걸 착용하고 계셨잖아요. 그래서 가시는 길에 그 통화하던 분께 케이크 하나 가져다 드리려는 건가 하고 저는 생각했지요."

그렇게 말하며 사장은 제 귀를 톡톡 두들겨 보였다. 석연찮은 대화 내용 때문에 그의 낯빛도 서서히 어두워지고 있었다.

"그래서 제가 나중에 통밀 케이크는 혹시 어떠신가 하고 또 여쭤봤던 겁니다. 그 어르신이라는 분이 단 걸 별로 안 좋아하시는 것 같아서요……."

"……."

"제가 식자재 창고에 들어갔던 사이에 그 어르신이라는 분이 오셨을지도 모르겠는데. 제가 미처 못 본 사이에 오셨다가 가신 건가. 그 어르신 음료는 하나도 안 드셨죠?"

재건은 고개를 들고 억지로 미소를 쥐어짰다.

확인해야 할 것은 일단 전부 확인했다. 정진만이 아니었다. 노인의 모습을 보지 못한 것은 카페 사장도 마찬가지였던 것이다.

"그런가 봅니다. 하여간 중요한 이야기는 이런 게 아니었는데. 제가 그날도 글을 쓰느라 정신이 없어서 사장님과 대화하던 때와 통화하던 때랑 기억이 좀 겹쳤나 봅니다."

"그러신가요? 제가 카페 구조상 보시다시피 가끔 손님이 언제 들어오셨는지 모를 때도 있긴 하거든요."

"아무튼 그래서 그 케이크 때문에 다시 왔던 겁니다. 통밀 케이크 좀 몇 조각 포장해 주시겠어요? 좀 가져다드리려고요."

"아이구, 알겠습니다. 이거 제가 괜한 말로 바쁘신 선생님 시간을 빼앗았네요. 잠깐만 기다려 주세요. 금방 만들어 오겠습니다."

이윽고 재건은 애꿎게 통밀 케이크만 한 상자 들고 터덜터덜 카페를 나설 수밖에 없었다.

어느덧 사위는 짙은 어둠이 내리깔려 있었다. 분주히 퇴근하는 사람들을 바라보면서 재건은 긴 한숨을 내쉬었다.

감각이 무뎌지기라도 한 것일까. 딱히 무섭다는 생각은 들지 않았다. 그저 노인의 정체가 궁금할 뿐이었다.

'그날 밤 대선배님 무덤에서 그런 기적을 겪었으니…… 이런 일에도 그다지 놀라지 않게 된 건가, 나는.'

주머니 속에서 핸드폰이 울렸다. 약속 시간을 1시간 남기고 있음을 알려주는 알람이었다.

재건은 심호흡을 한 번 하고 걸음을 내디뎠다. 어차피 이 길을 계속 걸어가다 보면 언젠가 다시 만나게 될 것이다.

BIG LIFE

도심의 야경이 내려다보이는 고급 레스토랑 천리향.

이날 천리향의 주방에는 더없는 긴장감이 흘렀다. 한국 최고의 작가 하재건과 중국 제일 영화사 틴센트 픽쳐스의 대표 마오옌이 저녁 식사를 하러 찾아왔으니까.

"맛과 모양에 절대 흐트러짐이 없도록 주의, 또 주의! 조리 시간도 철저하게 맞출 것!"

천리향의 오너 왕진생은 직접 요리도 해가면서 주방을 철저히 감독했다. 귀빈을 극진히 대접하기 위한 그의 손놀림은 더없이 신중했다. 호화롭고 먹음직스러운 다양한 요리가 차례차례 만들어지고 있었다.

그와 같은 시각, 예약된 룸 안에서는 이제 막 재건과 마오옌, 그리고 린민홍이 인사를 나누기 시작한 참이었다.

"오랜만에 뵙습니다, 하 선생님. 귀한 시간 내주셔서 무척 감사드립니다."

"무슨 말씀이십니까, 한국까지 찾아와 주신 대표님과 부장님께 제가 감사를 드려야지요. 빠른 일정이 아니셔서 다행입니다. 내일이나 모레엔 제가 맛있는 한식당으로 모시겠습니다."

"고맙습니다. 앉으시죠, 선생님."

재건이 의자에 몸을 앉혔다.

마주 앉은 마오옌은 긴 손가락으로 병을 잡고 직접 차를 따라 재건에게 권했다.

오늘의 마오옌은 전신의 굴곡이 돋보이는 새하얀 치파오를 입고 있었다. 야하다기보다는 기품이 넘치고 우아한 중년 여성으로 보였다.

그간 그녀의 양장을 입은 모습에만 익숙했던 재건은 산뜻한 느낌마저 받았다.

세 사람 사이에 안부를 겸한 소소한 대화가 오갔다. 이야기를 나누면서 재건은 자각하지 못했다.

웃는 순간조차도 자신의 표정이 꽤나 경직되어 있다는 사실을. 정체불명의 노인에 관한 생각을 은연중에도 놓지 못하고 있었던 까닭이다.

"저기, 말씀하시는 도중에 정말 실례합니다만……."

재건이 곤혹스럽게 웃으며 살며시 몸을 일으켰다.

"오는 길에 들르지를 못해서 화장실을 좀 다녀오겠습니다."

"네, 선생님. 천천히 다녀오십시오."

재건이 문을 열고 복도 너머로 사라졌다.

마오옌은 내내 유지하고 있었던 웃음을 풀고 두 눈을 몇 번이나 깜박였다. 그녀가 당황할 때마다 보이는 표정임을 알기에 린민훙은 바로 물었다.

"왜 그러십니까, 대표님?"

"마음에 걸려서요."

"어떤 점이……."

"하재건 선생님 말입니다."

마오옌의 예리한 두 눈은 재건이 통과한 문을 직시하고 있었다.

"표정이 상당히 굳어 있으신데. 부장님은 못 느꼈어요?"

"사실 저도 조금…… 몸이 편찮으시거나 다른 우환이 있으신 건 아닐까요?"

탁자 아래서 마오옌은 초조하게 발끝을 딱딱거렸다.

사실 조바심 나는 심정은 린민훙도 엇비슷했다. 이제 재건은 완전히 세계적인 거물이 되어버렸다.

그의 말 한마디에 '악의' 판권을 손에 넣을 수 있느냐 마느냐가 달렸다.

틴센트 픽처스를 이끄는 여장부 마오옌이 한가한 시간을 죽이다 못해 한국까지 찾아온 것은 아니었다.

"린 부장."

"말씀하십시오, 대표님."

"제가 그동안 하 선생님께 자잘한 것이라도 실수한 게 있었나요?"

마오옌의 물음에 린민홍은 단호히 고개를 내저었다.

"절대 없습니다, 대표님. 그간 대표님께서는 최선을 다해 하 선생님의 체면을 세워주셨습니다. 가장 가까이서 대표님을 모시는 제가 보증합니다."

"고마워요. 조금은 안심이 되네."

마오옌이 식어가는 차를 한 모금 홀짝였다. 그리고 찻잔을 내려놓으면서 나직이 덧붙였다.

"아무튼 오늘 이 자리에서 상책을 주시진 않을 것 같아요. 적어도 하지하책을 내미시지만 않기를 바랄 수밖에요."

"하 선생님께서 절대 그러시진 않을 겁니다."

"아, 선물. 하 선생님께 드릴 선물은?"

"저쪽에 잘 보관돼 있습니다. 염려하시지 마세요."

린민홍이 말을 마친 바로 직후, 문이 열리고 재건이 되돌아왔다. 화장실에 가기 전보다 한결 유연해진 표정이었다. 덕분에 마오옌과 린민홍은 속으로 약간 안심했다.

"마오옌 대표님."

"네, 선생님. 말씀하세요."

"제가 쓴 악의에 대해 여쭤보고 싶습니다."

"……?"

표정 관리에 능숙한 마오옌도 순간 몸을 움찔 떨었다.

엇박자로 난데없이 치고 들어온 재건의 말에 린민홍도 당황했다.

식사가 나오기도 전에, 그것도 재건의 입을 통해 즉각 본론으로 돌입하게 될 줄은 몰랐다.

"아…… 네."

린민홍이 일단 말을 받고 마오옌의 눈치를 힐끔 살폈다. 어차피 이 자리가 만들어진 목적은 '악의'이기에 그는 조심스럽게 말을 이었다.

"어떤 부분을 여쭤보시고 싶으신 겁니까?"

"재미있으셨습니까?"

"악의 말씀이십니까?"

"네, 소설이 재미있었는지를 여쭤보는 겁니다."

린민홍보다 앞서 통역사가 재건의 말을 마오옌에게 전해주었다.

듣고 난 마오옌은 고개를 끄덕이더니 침착한 어조로 대답했다. 이윽고 통역사가 그녀의 말을 한국어로 전해주었다.

"아주 재미있었다고 하십니다. 결말의 여운 때문에 한동안 잠을 이루지 못했을 정도였고, 다만 하 선생님의 작품이었다는 사실을 알게 된 뒤 접해서 안타깝다고 하십니다."

"안타까우셨다고요?"

"대표께서는 하 선생님의 문학적 감성을 단박에 알아볼 수 있을 만큼 애독자임을 자부하십니다. 그러니 에이든 스미스가 하 선생님이라는 사실을 분명히 알아챘을 거라고, 그럼 먼저 연락을 드릴 수 있었을 거라고 안타까워하십니다."

"정말 감사합니다."

재건이 웃으며 고개를 숙여 보였다.

마오옌도 그에 미소로 고개를 까닥이며 답했다. 차 한 모금을 들이마신 끝에 재건은 미더운 눈빛으로 마오옌을 바라보며 말했다.

"대표님께서 재미있게 읽어주신 것만으로 충분합니다. 이번에도 안심하고 판권을 맡길 수 있을 것 같습니다."

"하 선생님……?"

단박에 린민홍의 얼굴 위로 화색이 돌았다. 통역을 듣기 이전의 마오옌도 긍정적인 답이 나왔음을 직감하고 두 눈을 치켜떴다.

하나 재건의 말은 아직 끝나지 않았다.

"다만 문제가 있습니다."

"문제요? 어떤 문제인지 말씀해 주십시오."

"악의 영화 제작이 진행된다면 그것은 틴센트 픽쳐스에서인가요? 아니면 위저드리 픽쳐스에서인가요?"

“아, 그건…….”

“악의의 배경이 미국이라는 이유로, 혹은 그 외의 제작 여건 때문에 위저드리 픽쳐스에서 영화화가 된다고 가정하면 말입니다. 감독과 배우를 선정하는 데 있어서 제 의견이 조금이라도 작용할 수 있을까요?”

린민홍과 마오옌이 서로를 쳐다보며 눈빛을 교환했다. 재건이 이런 질문을 한 저의를 어렴풋이 알아챈 것이다.

잠시 후 마오옌이 고개를 끄덕여 보였고, 그녀의 의지를 이어받은 린민홍이 재건에게 물었다.

“혹시, 선생님. 저의 예상이 맞다면 이번에도 추천하시고 싶으신 감독님과 배우라도……?”

재건은 즉시 고개를 끄덕여 린민홍의 말이 맞음을 시인했다. 악의를 집필할 때 떠올려왔던 풍경을 머릿속에 떠올리면서 그가 말을 이었다.

“항상 글을 쓸 때 그 광경을 머릿속에 그려보면서 씁니다. 저라는 작가만 그런 건 아니겠지만요. 그렇게 해야 더 장면이 생생하게 묘사되거든요.”

“네, 선생님.”

“무명 시절에는 곧잘 글을 쓰다가도 즐거운 상상에 빠지곤 했습니다. 언젠가 내 작품이 영화나 드라마로 만들어지는 날이 올까? 그래서 정말 내가 글을 쓰면서 생각했던 그대로의 장면을 볼 수 있게 될까? 그런 상상들이요."

재건은 머쓱하게 뒷머리를 긁적이며 말을 이었다.

"그런 제 상상을 실제로 이뤄준 두 사람이 있습니다. 놀랍게도 정말 완벽하게요. 때론 제가 생각했던 것 이상으로 제 작품에 담겨진 메시지를 표현해 준 두 사람입니다."

린민홍은 더 듣지 않아도 두 사람이 누구인지 알 것 같았다.

통역을 통해 전해 들은 마오옌도 같은 생각이었다. 계속되는 재건의 말은 그들의 짐작대로였다.

"윤태성 감독님과 배우 박도준 씨가 함께했으면 합니다."

"아아……."

"제가 만들어낸 악의의 세계가 제대로 구현되려면 그 두 사람이 꼭 필요하다는 것이 원작자인 제 입장입니다. 대표님께서도 충분히 신뢰하실 수 있는 두 사람이라고 생각합니다."

마오옌이 대답 대신 고개를 주억거렸다.

그때 문이 열리고 직원들이 첫 번째 코스 요리를 날라왔다.

모두의 앞에 접시가 놓일 때까지 침묵이 이어졌다. 모은 두 손바닥을 문지르는 마오옌은 몹시 심사숙고하는 표정이었다.

"윤 감독님과 박도준 씨도……."

직원들이 돌아서 나가고 나서야 마오옌은 입술을 뗐다.

"그 두 분도 선생님의 이러한 뜻을 알고 계십니까?"

"아니요, 입 밖으로 꺼낸 것은 지금 대표님 앞에서 처음입니다."

"그러시군요……."

"소설 판권은 지금 당장에라도 드릴 수 있습니다. 계약서만 주시면 서명하겠습니다. 하지만 영화화 판권만큼은……."

재건이 더 말을 잇지 못하고 입을 다물었다. 그러고는 난데없이 의자를 뒤로 빼고 일어서는 것이다.

"하 선생님……?!"

놀란 마오옌도 엉거주춤 따라 몸을 일으켰다. 재건은 다짜고짜 그녀 앞에서 정중히 허리를 숙였다.

"하 선생님……? 갑자기 왜 이러시는 건가요?"

"마오옌 대표님께 진심으로 감사드리고 싶었습니다."

"네……?"

"원작자와 영화사 대표의 관계를 떠나 지금까지 줄곧 인간적으로 저라는 작가를 챙겨주신 점에 대해서 말입니다. 정말 많은 은혜를 입었습니다."

통역사의 말을 전해 들은 마오옌은 새하얗게 질려 허둥지둥 고개를 내저었다.

"아닙니다, 아닙니다. 하 선생님, 하 선생님의 훌륭한 원작을 받아 좋은 영화를 만들 수 있었던 제가 감사를 드려야 합니다. 은혜를 입은 사람은 저예요. 부탁이니 어서 앉아주세요. 린 부장, 빨리 내 말 전해드려요. 빨리."

"조금 전에 말씀드렸듯이 소설 판권은 오늘 당장 드리겠습니다. 하지만 영화화 판권만큼은 윤 감독님과 도준이를, 아니, 박도준 씨의 기용이 확정된 뒤에 확답을 드리고 싶습니다. 이런 말씀밖에 드릴 수 없어서 참으로 유감입니다."

거기까지 말하고 난 재건은 속으로 덧붙였다. 단 한 번도 제대로 체면을 살려드리지 못해 죄송하다고.

한 치의 어긋남도 없는 진심이었다. 차마 말로 내뱉지 못한 건 오늘날 틴센트 픽처스를 일궈내기까지 분투한 여장부의 자존심을 위해서였다.

재건이 다시 고개를 들었다. 숙연해진 분위기 속에 그와 마오옌은 여전히 앉지 못하고 서 있었다.

다시금 요리를 들고 나타난 직원들은 멀거니 선 두 사람을 보고 일순 뜨악한 표정이 되었다.

잠시 후.

"알겠습니다."

굳게 닫혀 있던 마오옌의 입술이 열렸다. 조금은 긴장한 기색의 재건을 바라보며 그녀는 결연히 덧붙였다.

"선생님의 뜻이 담긴 조항을 추가한 계약서를 준비하겠습니다. 윤태성 감독님과 박도준 씨에게는 제가 의견을 여쭤보겠습니다."

통역에게 말을 전해 들은 재건은 속으로 탄성을 터뜨렸다.

자신이 만약 마오옌과 같은 상황이었다면 절대로 이토록 빠르게 중요한 결단을 내리지는 못했으리라.

과연 아무나 틴센트 픽쳐스의 수장이 될 수 있는 건 아니라는 생각이 들었고, 새삼스레 여장부를 향한 경외감이 샘솟았다.

"이제 부디 앉아주시지요, 하 선생님. 맛있는 요리가 식고 있습니다."

"네, 대표님. 정말 고맙습니다."

재건과 마오옌이 차례대로 자리에 앉았다.

수저를 드는 와중에 눈치를 보던 린민홍은 다소 경직된 분위기를 풀어보려 조심스레 말을 던졌다.

"일이 이렇게 돼서 다행입니다."

"다행이라고요?"

"박도준 씨는 지금 중국에서 현대지존록 촬영에 한창이시니까요. 현대지존록이 완성되기 이전엔 악의에 출연하실 수 없을 테고요. 같은 시기 개봉은 저절로 피하게 됐으니 집안

싸움을 면해서 다행이지요."

린민홍의 농담에 재건은 밝게 웃었다.

뒤이어 마오옌도 입가에 미소를 머금었다. 비로소 모두가 맛있는 식사를 제대로 즐기기 시작했다.

148장
어느새 또 초봄인가

'술이라고는 마시다 남은 소주 반병이라…….'

냉장고를 열어본 재건은 긴 한숨을 내쉬었다. 이럴 줄 알았다면 들어오는 길에 편의점이라도 들렀을 것을.

이미 샤워까지 마친 재건은 다시 나가기도 귀찮아 소주병을 꺼내 들었다.

'안주는 이거면 되겠지.'

거실 테이블에 소주 반병과 술잔, 그리고 단골 카페에서 사온 케이크가 놓였다. 오늘만큼은 술을 마시지 않고 잠들 자신이 없었다. 자신의 눈에만 비쳤던 노인에 대한 생각 때문에.

소주 한 잔을 마시고 케이크를 우물거리고 있으려니 지나치게 조용한 집 안이 마음에 걸렸다. 리모컨을 들어 TV를 켜자 뉴스가 흘러나왔다.

[폭행 혐의로 조사를 받고 있는 우재훈이 뒤늦게 기자회견을 열었습니다. 자신의 모든 잘못을 인정하고 진심으로 자숙하겠다는 그의 말에 네티즌들의 반응은 싸늘하기만 한데요. 현장으로 연결…….]

삑삑삑삑.

재건이 두 잔째 마시려던 술잔을 내려놓고 고개를 돌렸다. 열린 현관문을 통해 목도리로 목을 칭칭 감은 수희가 들어오고 있었다.

"피곤하지? 요즘 왜 이렇게 야근이 잦아?"

"왜긴, 더 브레스 온라인 때문이지."

신발을 벗고 올라선 수희는 거실 테이블을 보고 오도카니 섰다. 입은 어이없다는 듯이 떡하니 벌린 채로.

"혼자 소주 마시고 있었어? 틴센트 픽쳐스 대표님이랑 저녁 먹으면서 전혀 안 마신 거야?"

"거기선 많이 안 마셨어. 그냥 조금 부족한 느낌이 들어서."

"세상에, 소주 안주가 케이크는 또 뭐니? 잠깐만 기다려. 내가 금방 간단하게 하나 만들어줄게."

"그럴 거 없어. 소주 반병도 안 되는데."

문득 수희가 코트를 벗으려던 손길을 멈추고 물었다.

"그럼 나갈까?"

"나가자고?"

"술 부족하다면서? 들어오는 길에 보니까 단지 앞 사거리에 새로 쪽갈비집 생겼더라. 나 매운 거 먹고 싶은데, 안 갈래?"

"나야 좋지. 금방 옷 입을게."

재건이 옷을 입으러 방으로 들어섰다.

수희는 콧노래를 흥얼거리며 가방 지퍼를 열었다. 그리고 지갑을 꺼내 들었을 때 그 아래 가려져 있었던 존재를 뒤늦게 발견했다.

'아차, 내 정신 좀 봐. 오늘 이거 하려고 했는데…….'

"수희야, 나 준비 끝."

등 뒤로 재킷을 걸치며 재건이 다가와 섰다.

수희는 화들짝 가방 지퍼를 도로 닫고 돌아섰다.

"나, 나 잠깐만 화장실 좀. 금방 다녀올게."

"TV 보고 있을 테니까 천천히 해."

잠깐이면 된다던 수희는 시간이 꽤나 지나도록 나오지 않았다.

속이 많이 좋지 않은 걸까 하고 재건이 고개를 갸웃거릴

즈음 드디어 화장실 문이 열렸다.

"재건아…… 나 술 못 마실 것 같아."

"어? 몸 안 좋아?"

"그게 아니라, 요즘 몸이 조금 이상한 느낌이 들어서 테스트를 해봤는데…… 그런데……."

수희가 말을 잇지 못하고 임신 진단 테스트기를 들어 보였다.

"……!"

멍하니 그 모습을 바라보던 재건은 이내 튕기듯이 달려가 수희를 품 안 가득 끌어안았다.

글쟁이로서의 스스로가 한심스럽기 짝이 없는 순간이었다. 이 크나큰 기쁨을 어떻게 형용해야 할지 좀처럼 떠오르는 문구가 없어서.

BIG LIFE

"야, 연우야. 재건이 형 형수님 임신하셨다는데?"

"와, 진짜요? 어떻게 아셨어요?"

"간만에 전화로 안부 인사 드렸더니 뭐 바로 말씀하시더라고. 엄청 좋으신가 봐. 나 재건이 형이 그렇게 아이처럼 좋아하면서 막 웃으시는 거 처음 봤다."

현경이 혀를 내두르며 말을 이었다.

"게다가 제발 첫애는 딸이었으면 좋겠다느니, 그다음에 둘째는 아들을 낳으면 둘째에겐 누나가 생기는 셈이며, 세상에서 누나라는 존재가 얼마나 소중한지 자기가 정말 잘 안다느니, 뭐 완전 중구난방으로 일장연설을 늘어놓으시더라."

"재건이 형 진짜 좋으신가 보다. 원래 그런 캐릭터 진짜 아닌데. 와, 갑자기 재건이 형 격하게 보고 싶어지네."

연우의 아쉬운 시선이 재건의 빈자리로 향했다. 재건이 수희와 결혼한 이후 그의 얼굴을 볼 수 있는 날이 부쩍 줄었다. 재건과 함께 먹고 자며 보내왔던 나날의 소중함을 요즘 들어 깊이 실감하고 있는 연우였다.

"왜, 재건이 형 보고 싶어?"

"보고 싶죠. 당연한 걸 물어보시고 그러세요, 형은."

"다행이네, 점심 먹으러 오늘 사무실로 오신대."

"네? 진짜요? 아니, 형은 왜 그걸 이제야 얘기하세요?"

발끈해서 따지는 와중에 핸드폰이 몸을 떨었다. 모르는 번호여서 연우는 잠시 망설이다가 전화를 받았다.

"네, 여보세요?"

—실례합니다. 혹시 이연우 작가님 되십니까?

"네, 맞는데 어디시죠?"

—안녕하세요, 작가님. 저는 에픽스피어 출판사 편집부에

서 일하고 있는 송현종이라고 합니다. 선생님의 글을 읽고 이렇게 연락을 드리게 되었습니다.

"아아, 네…… 제 글이요?"

쉽게 들뜨는 성격의 연우는 벌써부터 두근거리는 심정이었다. 그는 핸드폰을 귀와 어깨 사이에 끼고 컴퓨터로 인터넷에 접속했다.

'에픽스피어'를 입력하자 여행 및 자기 계발 서적을 주로 다루는 출판사 정보가 떠올랐다.

"저기, 송현종 님이라고 하셨죠?"

—네, 작가님.

"죄송한데, 제가 지금 검색해 보니까 출판사 성향이 제 글과는 많이 다른 것 같은데요. 혹시 착각하신 건지도 모르겠는데 저는 판타지나 무협을 쓰는 장르 소설 쪽 작가라서……."

—알고 있습니다, 작가님. 빨리 말씀드리지 못해 죄송합니다. 저희는 이연우 작가님께서 블로그에 올리신 글에 관심을 가지고 있습니다.

"제 블로그 글이요?"

—네, 하재건 작가님께서 만드신 작가 사무실의 소소하고 정겨운 이야기들이 무척 마음에 와닿았습니다. 이야기를 엮어 책으로 내면 반응이 참 좋을 것 같은데요. 이에 관해 의견을 여쭤보고 싶어서 전화를 드렸습니다.

"아, 네……."

연우는 어쩐지 맥이 탁 풀리는 심정이었다. 비록 인기는 저조하지만 자신도 엄연한 장르 소설 작가니까. 써낸 소설이 아니라 작가 사무실의 일상을 적은 블로그 글로 출간 제의를 받게 되다니. 마냥 웃음이 나오지는 못할 심정이었다.

삑삑삑삑.

현관에서 신호음이 울리는 소리가 들렸다. 재건이라고 확신한 연우는 다급히 핸드폰에 대고 말했다.

"정말 죄송합니다만 지금 아주 급한 일이 생겨서요. 제가 생각해 보고 빠른 시일 안에 다시 전화를 드리겠습니다."

–네, 작가님. 그럼 좋은 하루 되시고 연락 기다리고 있겠습니다.

전화를 끊자마자 문이 열리고 예상대로 재건이 들어왔다. 커다란 가방을 어깨에 멘 그의 모습에 현경과 연우는 두 눈을 동그랗게 떴다.

"재건이 형, 그 짐은 다 뭐예요?"

"뭐긴, 다시 사무실 입주해야지."

"사무실로 돌아오시겠다고요?"

"더 브레스 2부 완성되기 전까지는 계속 출퇴근할 거야. 역시 판타지 소설을 쓸 땐 너희들이랑 같이 써야 잘 나오거든."

연우와 현경은 기뻐서 헤벌쭉 웃었다. 뛰어나와 가방을 받아주는 그들에게 재건은 덧붙였다.

"너무 좋아할 것 없어. 이연우, 양현경. 나 없는 사이에 해이한 시간을 보내왔다면 오늘부터 아주 피곤해질 테니까."

"각오 단단히 하겠습니다. 아, 그리고 재건이 형. 현경이 형한테 얘기 들었어요. 형수님 일 진심으로 축하드려요."

"고맙다. 아, 근데 진짜 고민이야. 딸을 낳으면 이름을 뭐라고 지어줘야 할지. 하도 예쁜 이름이 많아서 글 쓰다가도 계속 딸 이름만 고민하고 있다니까."

"형, 죄송한데 형은 이름 안 지으시는 게 좋을 거 같아요."

"뭐라고?"

"저도 연우랑 같은 생각이에요. 그냥 아들이든 딸이든 이름은 형수님께 맡기시죠."

"너까지 왜 그러는데? 내 작명 센스가 그렇게 나쁘다는 거야?"

"아니, 뭘 그렇게 당연한 걸 또 확인을 하시고 그러세요……. 안 그러냐, 연우야?"

"그러게요. 예전에 제 소설 제목도 빅권이 간다가 좋겠다고 하시던 일만 봐도 진짜, 하…… 진짜 센스 한번 괴특하시지."

"야, 니들 점심 맛있게 먹고 잘 지내라."

재건이 내려놓았던 가방을 다시 짊어지고 돌아섰다. 연우와 현경이 황급히 그를 뜯어말렸다. 목이 터져라 커다란 웃음을 연발하면서.

타다닥!

타다다닥! 타닥!

새해가 오기도 전에 '더 브레스' 2부의 집필은 그렇게 시작되었다.

'더 브레스'와 '현대지존록' 영화가 각각 미국과 중국에서 만들어지고 있고, '악의'의 판권은 20여 개국으로 수출이 결정된 12월의 어느 하루였다.

"아이구, 귀여운 우리 아들. 엄마 보여요? 엄마가 지금 웃으면서 보고 있는 거 보여요?"

사랑스런 아기의 눈망울은 온종일 지켜보고 있어도 부족한 심정이었다. 유진은 직접 기저귀를 갈아주고 난 뒤 아기를 가슴에 안아 들었다. 얼굴에서는 웃음이 그치지 않았다.

"웅웅, 뭐라고 했어요? 배고파요? 맘마 먹고 싶어요?"

유진은 스스로의 기쁨이 남다르다고 자부하고 있었다. 그녀에게 있어 임신은 신의 축복이자 기적과도 같은 일이었으니까. 아이를 가질 수 없어 사랑하는 명석과 헤어지고, 홀로 미국에서 쓸쓸히 살아왔던 외로운 과거도 완전히 떨쳐 냈다.

드르륵!

"우리 아기 잠깐만요. 엄마 전화 좀 받을게요. 여보세요?"

—안녕하십니까, 이치진칸의 야나기 요시미입니다. 지금 통화하실 수 있으세요?

여자는 심하게 어설픈 발음의 영어로 말하고 있었다.

이미 몇 번이나 통화한 전력이 있기에 유진은 소리 없이 한숨을 내쉬었다.

"통화 가능합니다. 그리고 일본어로 말씀하셔도 됩니다."

유진이 원활한 소통을 위해 일본어로 대꾸했다. 전에도 여자의 발음이 여러 번 뭉개져서 알아듣기 힘든 때가 많았던 것이다.

여자가 부쩍 높아진 억양의 일본어로 허둥지둥 대답했다.

—배려해 주셔서 정말 감사합니다. 다름이 아니라 예전에 연락드렸을 때도 말씀드렸듯이 악의 판권에 대해 논의를 드리고 싶어서 이렇게 다시 전화를 드렸습니다. 그땐 저도 상부의 지침을 제대로 숙지하지 못한 탓이 있었고 또 매뉴얼도 준비되지 않은 데다 제가 경황이 없어 결례를 하게 된 것 같습니다.

일본어로 바뀐 여자의 말이 두 배 이상으로 빨라진다.

태반이 예의를 차리려는 사과의 말이라서 더 들을 것도 없었다. 그래도 유진은 유능한 에이전트로서 묵묵히 기다렸다.

한참이 지나서야 서론이 끝나고 여자의 말은 본론으로 들어섰다.

—……그래서 이번에 내부적인 회의를 거쳐 1,000만 엔의 선인세를 지급해 드릴 수 있는 것으로 결론이 내려졌습니다. 이에 대해 에이전시의 답변을 듣고 싶습니다.

대답에 앞서 유진은 피식 웃었다.

고작해야 1,000만 엔이라니. 300만 엔에 계약하자던 예전에 비하면 장족의 발전이지만 그래도 턱없는 금액이다.

"저기요, 야나기 씨."

—네, 말씀하세요.

"계약 못 합니다."

—네? 실례지만 다시 한번…….

"1,000만 엔의 금액으로는 계약 못 한다고 말씀드렸습니다."

단호하게 되풀이해서 말하는 유진의 표정이 서늘했다.

액수가 문제가 아니었다. 에이전트로서 하재건이라는 작가의 가치를 지켜주기 위해서다. 그래서 뜸 들이지 않고 말을 이었다.

"일본 출판 업계의 기득권을 인정하는 풍조는 익히 알고 있습니다. 출판사 간의 카르텔이라고도 할 수 있겠죠? 이 선인세는 너무 센 것 같다. 차라리 우리 전부 계약하지 말자.

이런 식으로 일이 진행되는 거죠?"

—죄송합니다만 뭔가 오해가 있으신 것 같은데……!

"저는 그러한 일본의 풍조를 인정합니다. 하지만 다른 누구도 아니고 하재건 선생님의 작품입니다. 한국에서 에세이 하나를 출간해도 선인세로 5억 원 이상을 받는 일본의 모 유명 작가와 비교해도 터무니없이 부족한 수준의 금액이지 않습니까?"

—그건, 그건…… 한국 출판 시장은 좋은 작품을 손에 넣기 위해 무한 경쟁을 하는 구조를 띠고 있고 또……! 물론 회사는 이윤을 추구하는 집단이고 좋은 작품을 얻어내려면 더 많은 인세를 지급해서라도 계약하고 싶은 것이 당연한 흐름이긴 하지만……!

"무슨 말씀하시려는지 알아요."

유진은 상대의 말을 자르고 또박또박 제 의견을 이어갔다.

"한국 출판 업계의 흐름이 옳다고 주장할 생각은 없습니다. 출혈 경쟁이니, 한국 출판계의 상황을 아는 해외 출판사들이 칼자루를 쥐게 됐다느니 하는 뒷말이 나오는 것도 어찌 보면 당연합니다. 확실히 한국 시장은 수시로 무리를 하니까요."

유진이 고개를 들고 숨을 길게 들이마셨다. 책장에 꽂힌 하재건 작가의 수많은 책을 바라보면서 그녀는 덧붙였다.

"확실히 결론을 말씀드리겠습니다. 하재건 선생님의 가치를 일본 시장에 맞출 생각은 추호도 없습니다."

―그, 그건……?

"하재건 선생님은 제게 해외 판권 관련 업무를 100% 위임하셨어요. 악의를 당장 일본에서 출간하지 못해도 아무런 상관이 없습니다. 이미 세계 30개 이상 국가와 계약을 마쳤고, 일본 쪽도 기다리다 보면 이치진칸 말고도 좋은 곳과 인연을 맺을 수 있게 될 테니까요."

유진은 또렷한 어조로 칼자루를 쥔 사람이 누구인지를 상대에게 확인시켜 주었다. 기세에 눌린 전파 너머의 상대는 우물쭈물 제대로 말을 잇지 못했다.

끼이익.

등 뒤에서 문이 열리고 명석이 들어왔다. 유진은 몸을 일으키는 동시에 핸드폰에 대고 인사를 고했다.

"그럼 이해하신 것으로 알고 이만 전화 끊겠습니다."

―자, 잠시만요. 다시 한번 차분히 말씀을……!

뚝!

매몰차게 전화를 끊은 유진이 한숨을 내쉬었다. 상기된 표정을 알아본 명석이 한 걸음 다가서며 물었다.

"무슨 통화를 한 거야? 일본 쪽이야?"

"응, 이치진칸. 선인세 1,000만 엔 제시."

"그래서 우리 유진 씨가 또 이렇게 화가 나셨군."

"화가 난 게 아니라 어처구니가 없어서 그러지. 우리 아기 엄마가 목소리 크게 내서 놀랐어요? 미안해요, 엄마가 미안해요."

아기를 품에 안은 유진의 얼굴에 금세 미소가 되돌아왔다. 뽀뽀를 해주려는 찰나에 또 핸드폰이 울렸다.

"아기 봐. 전화는 내가 받을게."

"고마워, 자기."

명석이 대신 핸드폰을 들고 전화를 받았다. 그가 영어로 대화하기 시작하자 유진도 흥미를 느끼고 힐끔 시선을 던졌다.

잠시 후, 명석이 핸드폰 아래를 손바닥으로 막으며 돌아보았다. 멀거니 바라보는 유진을 향해 그는 나직이 말했다.

"히덴샤, 1억 2,000만 엔."

유진이 천진난만하게 히죽 웃었다.

딱히 놀라울 일도 아니었다. 아쉬운 사람이 먼저 손을 뻗어오는 것은 세상의 당연한 이치 아닐까.

BIG LIFE

[하재건의 '악의', 파격적인 조건으로 일본 히덴샤와 드디어 판

권 계약]

[업계 전문가, '해외 판권 구매에 돈 안 쓰기로 유명한 일본 출판 시장에서 극히 이례적인 일']

['악의' 제2의 고향 프랑스에서 판매량 100만 부 돌파!]

[3,000만 부 고지 앞에서 주춤거렸던 '더 브레스-드래곤 라이더', 공쿠르상 수상이란 경력에 힘입어 판매량 급상승]

"이런 게 소설 아니에요, 형?"

포털 사이트 메인을 장식한 재건의 뉴스들을 보면서 연우가 중얼거리듯이 물었다. 현경은 그의 모니터를 힐끗 돌아보고는 웃었다.

"그렇잖아요. 재건이 형 일대기로 소설을 쓰면 그게 판타지네."

"네가 이미 썼잖아. 블로그에 잔뜩."

"아, 현경이 형. 그건 말 안 하기로 했잖아요. 그러다 재건이 형 귀에 이상한 말이라도 들어가면……."

"알았어, 자식아. 말 안 해."

현경의 옆자리에서 글을 쓰고 있던 봉이가 끼어들었다.

"재건 오빠 아들이든 딸이든 세상 복 다 끌어안고 태어나게 생겼네요. 아빠는 세계적인 작가지, 고모부는 한국에서 손꼽는 재벌가의 후계자고, 거기에 아빠랑 가장 친한 친구는 월드 스타네."

"봉이 말 듣고 보니 완전 치트키 수준인데."

작가들이 저마다 가볍게 웃음을 터뜨렸다.

연우도 웃었지만 금세 표정이 굳어들었다. 홀로 일하고 있을 어머니 생각이 났기 때문이다.

'일하지 마시라니까 또 굳이 식당을 나가신다고……!'

아버지가 세상을 떠난 이후, 연우는 매달 어머니에게 생활비를 드리고 있었다. 홀로 남은 어머니가 편안히 사시길 바라는 마음으로 입을 것 먹을 것을 최대한 아껴온 결과다.

하지만 세상일은 뭐든 예상대로 흘러가지 않았다. 어머니는 아들이 매달 보내오는 돈을 한 푼도 허투루 쓸 생각이 없으셨다. 돈은 돈대로 저축해 두면서 당신은 고된 식당일을 재개한 것이다. 아무리 설득하고 때론 화를 내도 요지부동이었다. 이렇게라도 모아두지 않으면 나중에 너 장가도 못 간다는 말과 함께.

드르륵!

책상 위의 핸드폰이 흔들렸다. 상념에서 깨어난 연우는 액정에 떠오른 재건의 이름을 보고 바로 전화를 받았다.

"네, 형. 권 대표님이랑 회의 벌써 끝나신 거예요?"

-어, 그래. 지금 오피스텔 앞으로 돌아가는 길인데 점심 먹게 나올래? 시간은 살짝 이르지만.

"네, 마침 배고팠어요. 그럼 다른 작가……."

–너 혼자 나와.

"네?"

–할 얘기 있으니까 이연우 너 혼자 나오라고.

"네, 네. 알겠어요, 형. 지금 나갈게요."

전화를 끊고 난 연우는 고개를 갸웃거렸다. 등 뒤의 봉이는 뭔가 켕기는 구석이라도 있는 사람처럼 뜨끔한 표정이었다.

"저, 잠시 재건이 형이 불러서 나갔다 올게요."

"아, 그래? 점심도 먹고 오겠네, 잘 다녀와."

신발을 신으면서 연우는 더더욱 기분이 묘해졌다. 아무도 왜 혼자만 가는 거냐고 묻지 않는 것이다. 하지만 이내 다들 글을 쓰느라 각자 바빠서 그런가 보다 하고 넘기며 그는 사무실을 나섰다.

1층으로 내려가니 재건은 이미 와 있었다.

"오래 기다리셨어요?"

"전화를 3분 전에 했는데 뭘 오래 기다려. 뭐 먹을까?"

"으음, 날이 추우니 부대찌개 어떠세요?"

"그래, 가깝고 좋네."

두 사람은 근처의 식당으로 들어가 자리를 잡았다. 주문을 마치고 직원이 돌아서자마자 재건은 즉시 물었다.

“너 왜 에픽스피어 얘기 나한테 안 했어?”

“아, 어…… 어떻게 아셨어요?”

연우가 창백해진 안색으로 되물었다. 절대로 말하지 말라고 현경에게 신신당부를 해두었는데, 누구에게 들었는지 재건은 이미 알고 있는 것이다.

“어떻게 아셨어요? 지금 그게 중요해? 죽을래?”

“죄, 죄송해요. 죄송해요, 재건이 형. 숨기려고 한 게 아니라 제 마음은…….”

“더 말 안 해도 알아.”

재건이 물을 따르는 동시에 말을 잘랐다.

“너에게 두 가지만 얘기하고 싶어.”

“마, 말씀하세요…… 형.”

“작가라고 전부 소설만 써야 되는 거야?”

“…….”

“아니지? 작가도 저마다 재능이 있는 거겠지? 시를 쓰든, 소설을 쓰든, 수필을 쓰든, 시나리오를 쓰든 뭐든지 쓰고, 또 그걸 읽어줄 독자들이 있다면 그걸로 충분한 거 아닐까?”

연우는 가슴이 먹먹해져 아무런 대답도 할 수가 없었다. 애초에 대답을 바라고 질문을 해온 것도 아니었다.

그저 고맙고 미안했다.

왜 형은 이토록 못난 나를 끊임없이 돌봐주고 위로해 주는 걸까. 언제까지 나는 신세만 져야 하는 걸까.

재건이 말을 이었다.

“그리고 또 뭐지. 내 유명세를 통해 날로 먹는 모양 같아서 죄송한 마음에 못 하겠다고?”

“솔직히 아니라고는 말씀드릴 수가…….”

“그게 어떻게 날로 먹는 거야? 작가 풍천유는 저 혼자만의 힘으로 그렇게 빨리 떴어? 이연우 블로그 덕분에 홍보 효과를 얼마나 많이 받았는데?”

재건이 불쑥 탁자 위로 팔을 뻗었다. 연우의 어깨를 부드럽게 다독이면서 그는 덧붙였다.

“계약해라.”

“아, 진짜 재건이 형…….”

“그거 다 네 재산이고 네가 획득한 성과다. 너 나한테 혹시라도 미안한 마음 갖지 마. 네가 나한테 신세를 졌다고 생각하듯이 나도 너에게 신세 진 적 많아.”

재건이 문득 벽걸이 TV를 보고는 그리로 손짓하며 말을 이었다.

“저것만 봐도 그래. 네가 그때 뉴턴 사무실에서 저 인간 단박에 제압해 줬을 때 내 기가 얼마나 살았었는지 알아?”

TV를 바라본 연우가 울먹이는 표정으로 웃었다. ‘바로바로썰' 멍청한 발언 코너에서 1위를 차지한 우재훈 감독의 얼굴이 화면에 비치고 있었다.

"알아들었지? 너도 나한테 해준 일 많아. 책 잘나가서 어머니께 효도하면 좋잖아."

"정말…… 그래도 돼요, 형?"

"여태까지 내가 한 말 귓등으로 들었니? 내 허락받을 필요 없다니까?"

핸드폰이 진동하면서 대화가 끊겼다.

재건은 양해를 구하고 바로 핸드폰을 집어 들었다. 규호의 전화였다.

"네, 매형. 어쩐 일이세요?"

—오전에 전화하려고 했는데, 이 팀장 얘기 들어보니까 더 브레스 때문에 회의 있었다면서?

"네, 2부가 절반쯤 완성됐는데 래프북스 대표님이랑 상의 좀 하느라고요."

—벌써 2부를 절반이나 썼단 말이야? 도대체 어느 시간에? 요즘 이 팀장이랑 사이 안 좋아?

"하하하, 그럴 리가요. 1부에 비해서 양도 절반이고, 제가 원래 구상만 끝내면 본문 쓰는 속도는 빨라요."

—그래, 나도 시나리오 참고하게 원고 좀 보내줘. 아니지, 이 팀장한테 보여달라고 하면 되겠군. 그건 그렇고, 이제 곧

알지?

"당연히 알고 있지요."

재건이 미소를 담뿍 머금고 답했다.

'더 브레스 온라인' 클로즈 베타 테스트를 말하는 것이다. 재건은 원작자로서 규호의 특별 초대를 받았다.

—이 팀장은 처남이 참여하는 거 죽어라 반대하지만 뭐 어쩌겠어? 내가 기획 이사인데 내 마음대로지. 안 그래?

"하하하, 네. 수희가 워낙 완벽주의자라서요. 이번에 힘 빡 주고 만드는데 제가 미리 보고 실망할까 봐 많이 걱정하는 것 같아요."

—게임에 대해서 좀 잘 알면서 믿을 만한 친구 있으면 한두 사람 더 데리고 와도 고마울 텐데 말이야.

"으음, 네. 한번 누가 있는지 생각해 보겠습니다."

그렇게 대답하는 재건은 중소 게임 회사 직원이자 친한 벗 정진의 얼굴을 떠올렸다. 경쟁하는 타 회사의 직원을 규호가 과연 수락해 줄까 의문스럽긴 하지만.

—나중에 또 전화할게. 나 이 팀장이랑 부대찌개 먹으러 갈 거야. 샘나지?

"이거 어쩌죠. 저도 이미 부대찌개 먹으러 와 있습니다."

—제길, 한발 늦었네. 점심 맛있게 먹어, 처남.

"네, 매형도 맛있게 드세요."

전화를 끊자마자 직원이 나타나 커다란 부대찌개 냄비를 테이블 위로 내려놓았다. 연우가 불을 켰고 찌개는 금세 부글부글 끓어오르기 시작했다.

"간만에 먹네, 맛있겠어요."

"그래, 맛있겠다."

흐릿한 목소리로 답하면서 재건은 주변을 돌아보았다.

언제부터였을까. 개량 한복을 입은 노인을 찾아 사방을 두리번거리는 습관이 생겨난 것은.

"형? 누구 아는 사람이라도 보셨어요?"

"아니, 아니야……. 먹자."

재건이 에둘러 말하고 수저를 들었다. 식당 저편의 여직원이 온풍기를 약하게 줄이고 있었다. 그 모습에 코앞으로 다가온 서른한 살의 초봄을 실감하는 재건이었다.

149장

됐고, 밥 먹으러 가자

피비린내를 머금은 공기가 적막한 사방에 흐르고 있었다.

엽대봉은 주루 밑에 있는 창고 구석에 웅크리고 앉아 거친 숨을 헐떡였다. 한 손으로는 핏물이 흥건한 어깻죽지를 꾹 누르며. 그는 두려움으로 까무러치기 일보 직전이었다.

"푸, 풍도의 극?!"

엽대봉이 두 눈을 까뒤집으며 뒤로 몸을 피했다.

"저, 정체가 대체 뭐냐! 어떻게 네놈이……. 풍도의 극은 서가와 함께 세상에서 완전히 사라졌는데!"

"……이 세상에서는 사라졌었겠지."

서늘한 대꾸와 함께 남자가 다가들었다.

온몸에 거적때기를 두른 초라한 행색의 청년. 청년의 피와

상처로 얼룩진 얼굴이 웃고 있었다. 두 눈으로 형형한 살기를 뿜어내면서.

"너, 너는…… 너는 분명 그때 수로채에서 만났던……!"

"그날 이야기를 마저 해주지."

남자가 손바닥이 하늘로 향하도록 왼손을 살짝 치켜들었다. 오른손의 투명함과 달리 왼손에서는 눈부신 황금과도 같은 찬연한 빛이 터져 나왔다.

"그, 그건……!"

"이제 세상을 떠받드는 두 기둥을 이렇게 합쳐 주면……."

남자가 미간 앞으로 제 두 손을 모으고 섰다. 곧이어 전신에서 인간의 한계를 벗어난 기운이 폭발했다.

엽대봉은 두 팔로 얼굴을 가리고 뒤로 나동그라졌다.

"풍도용황의 극, 용황권의 숨겨진 두 번째 오의가 되지."

"으으으! 제발…… 제발 살려주게……."

사태를 파악한 엽대봉이 무릎을 꿇었다.

"부디 내게 기회를 주게. 호, 호화롭게 장례를 치러주고 전 재산도 아낌없이 내놓겠네! 자네 벗의 체면을 살려줄 수 있는 기회를 주게나!"

사내가 엽대봉의 앞에 쪼그려 앉았다. 비단 재질의 낡은 갑을 꺼내 들면서 그는 중얼거리듯 말을 이었다.

"난봉꾼 꼰대가 준 거야. 인내의 갑이래."

"으으으, 제발……!"

"꼰대가 그러더라. 화를 주체할 수 없을 때마다 이 갑을 열고 제비를 하나씩 꺼내 찢으라고. 그러면 냉정한 사고를 되찾을 수 있을 거라고. 다 헛소리지……."

사내가 갑의 입구를 끄르고 바닥을 향해 뒤집었다. 수십 개의 제비가 엽대봉의 무릎 위로 쏟아졌다.

"아무리 찢어도 화가 가시질 않거든. 이곳까지 오는 길만 해도 어제부터 백 개는 넘게 찢었어. 하지만 가시질 않는단 말이야……."

중얼거리는 남자의 두 눈에 눈물이 고였다.

"너무 화가 난단 말이야. 살려달라고 부탁한 적도 없는데 몸을 던진 멍청한 녀석과 나 같은 놈도 제자라고 실명까지 감수한 꼰대 때문에 화가 나서 너무 화가 나서……!"

남자가 바닥에 흩어진 제비를 한 움큼 쥐었다. 그걸 엽대봉의 코앞으로 들이대면서 으르렁거리듯이 물었다.

"내 분노가 몇 개인지 세어보면 알까?"

"제발…… 제발 나를 한 번만 용서해 주게……."

"아무리 세도 끝이 없어서 제비를 세고 셌어. 그러다가 또 꼰대가 생각났어. 꼰대는 무량대수를 좋아했는데. 뜻을 품은 사람과 시대를 따라 가리키는 수가 완전히 달라진다고. 나 같은 쓰레기도 얼마든지 성장할 수 있다면서……."

"컥!"

남자가 갑자기 팔을 뻗어 엽대봉의 목을 움켜잡았다.

"풍도용황으로 네놈을 보내 버릴 순 없지. 먼저 간 그 멍청한 자식의 체면이 안 설 테니까."

"꺼, 꺼어어……!"

엽대봉의 두 눈에 흰자위만 남았다. 더 말하고 싶어도 목소리가 나오지 않았다. 코앞까지 다가온 죽음이 느껴졌다.

죽어야 하지만 죽으면 안 되는 입장이다. 두 사람의 감정이 뒤엉키면서 엽대봉은 혼신의 힘을 다해 발버둥을 쳤다.

"컷! 컷!"

감독의 사인이 떨어지자마자 스태프들과 매니저가 뛰쳐나갔다. 그들 사이에는 태봉과 스타일리스트도 섞여 있었다.

"고생했다, 도준아. 연기 정말 좋았다. 소름 돋았어."

태봉이 말을 붙이며 등 뒤에서 도준의 양어깨를 잡았다.

바로 직후 도준이 두 눈을 번뜩이면서 돌아보았다. 아직도 작품 속의 진천위로부터 벗어나지 못한 표정이었다.

"도, 도준아. 괜찮냐?"

"……."

도준이 태봉의 부축을 마다하고 홀로 일어섰다.

엽대봉 역할을 맡았던 배우는 여전히 손가락 하나 까닥거리질 못하고 있는 판국이었다. 도준과 연기하는 하루하루가 지옥 그 자체였다. 휴식 시간에도 자신을 죽일 듯이 노려보고 살기를 피우는 것이다.

"아이고, 힘들다. 아니, 아무리 몰입한다고 해도 그렇지. 이 정도일 줄 알았으면 사전에 양해를 구했을 때 단호히 거절했을 텐데……."

현장 제작진과 중국 배우들이 혀를 내두를 만큼 도준의 감정 이입은 상상 이상이었다. 감독이 기꺼이 오케이 사인을 해도 마음에 차지 않으면 재촬영을 자처했다. 수십 번씩 같은 장면을 찍으면서도 힘든 구석 따윈 전혀 보이지 않는 도준이었다.

"도준 씨, 오늘 신은 정말로 좋아. 완벽하다구. 이보다 더 좋을 순 없어. 정말이지 엄청나."

도준이 가까이 다가오자 감독은 사색이 되어 말했다. 이 장면도 벌써 세 번째 촬영인 것이다. 다행히 오늘의 도준은 더 이상의 다른 요구 없이 납득하고 물러섰다.

"고생 많으셨습니다."

도준이 감독을 비롯한 모두에게 인사를 마치고 밴에 올라탔다. 현장을 벗어나면 즉시 호텔로 직행이다. 그리고 밤이 새도록 대본을 들고 연습한다. '현대지존록'을 찍기 시작한 이후 단 1분의 시간도 낭비하는 법이 없었다. 사랑하는 연인

채린의 전화도 신경질을 내면서 거부할 만큼.

"도준아, 점심은 먹어야지."

"생각 없어. 형이나 먹고 와."

뒷좌석에 앉아 대꾸하는 순간에도 도준은 대본을 들고 있었다. 태봉은 더 하고픈 말이 있었지만 입 밖으로 꺼내지 못하고 로드 매니저에게 눈짓을 보냈다. 시동이 걸리고 밴이 출발했다.

'내가 가진 전부를 쏟아부어야 돼……!'

대본에 눈을 들이박은 채로 도준은 속으로 곱씹었다. 스스로 만들어낸 부담감이 막중했고 하루에도 수십 번씩 숨이 막혔다. 그럴 때마다 떠오르는 건 환히 웃는 친구의 얼굴이었다.

'실망시키면 안 돼……. 내가, 내가 더 잘해야 돼……. 내가 진짜 진천위가 되어야 한다고……!'

격한 감정으로 손에 쥔 대본이 구겨지는 순간, 옆자리에 놓아둔 핸드폰이 요란하게 몸을 떨었다. 누구의 전화인지 확인하지 않았다면 받지 않았으리라. 하지만 도준은 이미 무심코 액정에 뜬 이름을 보고 말았다.

"……여보세요."

–목소리가 안 좋다. 자고 있었어?

재건이 근심스런 목소리로 묻고 있었다. 도준은 고개를 뒤로 젖히고 한숨을 내쉬었다. 재건의 전화라 받긴 했지만 달가운 기분은 아니었다. 진천위로서 품은 감정을 다스리는 일이 최우선이므로.

"숙소로 이동하고 있었어."

—그렇구나. 오늘 촬영은 잘 끝냈어? 태봉이 형 말로는 이제 마지막 장면 하나…….

"재건아."

—어?

"미안한데 용건이 뭐냐?"

—아…… 그래. 너 지금 한창 정신없긴 하겠지. 이럴 때 전화해서 미안하다. 갑자기 네 생각이 나서…….

전파 너머의 재건이 눈치 빠르게 말뜻을 이해하고 미안한 어조로 대꾸했다. 도준은 속으로 아차 하며 후회했지만 이미 내뱉어버린 말이었다.

—도준아, 그래도 이 말은 해주고 싶다.

"뭔데."

—난 배우의 배 자도 모르는 글쟁이지만 네 연기가 엄청나다는 건 알아. 친구라서 하는 얘기가 아니라 진심이야.

"……."

—박도준이 진천위에게 맞추는 게 아니야. 진천위가 박도준에게 맞춰야 하는 거야. 그랬으면 좋겠어.

도준은 핸드폰을 입에서 살짝 떨어뜨린 채 뜨거운 숨결을 몰래 토해냈다. 재건에게는 미안한 노릇이지만 적어도 지금은 쓸데없는 위안으로밖에 들려오지 않았다.

잠시 후, 재건이 작지만 확신하는 목소리로 덧붙였다.

-진천위는 네 덕분에 세상에 태어날 수 있었던 캐릭터라는 거, 이걸 꼭 좀 알아줬으면 좋겠다.

"알아들었어."

-말 길어져서 미안했다. 영화도 좋지만 몸 잘 돌봐. 조만간 한국에서 보자.

"어, 나중에 봐."

전화가 끊어지자마자 도준은 핸드폰을 내던지고 대본에 두 눈을 들이박았다. 태봉은 그를 힐끔 쳐다보며 독한 놈이라는 표정으로 고개를 내젓고 있었다.

그날 저녁, 도준은 어김없이 전신 거울 앞에 홀로 서서 연습을 강행하고 있었다.

"격조하였소."

벌써 오늘만 백 번이 넘게 입에서 튀어나온 대사다. 옆방의 태봉은 격조했다는 인사를 수없이 들은 끝에 자장가 삼아 잠든 지가 오래였다.

"동황루의 주인과 용황권의 마지막 오의를 두고 한바탕 어울려 보고 싶어 찾아왔소이다."

도준이 대본을 더 이어가지 못하고 입술을 깨물었다. 억양이 괜찮다 싶으면 표정이 흐트러진다. 거울을 깨부수고 싶은 충동을 억누르고 그는 다시금 호흡을 골랐다.

"으음……?"

은연중 벽에 붙은 캘린더가 두 눈으로 파고들었다. 그리고 이내 도준은 오늘이 세상을 떠난 형의 기일이었음을 기억해냈다. 영화 때문에 새까맣게 잊어버리고 있었던 것이다.

"아, 이런……!"

도준이 허겁지겁 핸드폰을 손에 잡았다. 지금까지 형의 기일만은 철저히 지켜왔다. 아무리 일이 바빠도 미리 하거나 늦게 하는 법이 없었는데 올해는 기억조차 못 하고 있었다.

-여보세요? 오빠?

"채린아, 내가 완전히 잊고 있었는데……."

운을 떼기가 무섭게 채린은 알아듣고 대답했다.

-안 그래도 오빠가 언제 물어보나 생각하고 있었어. 영화 때문에 정신없는데 먼저 말하면 방해될 것 같아서. 정말 미안해, 오빠. 스케줄이 밀려서 끝내자마자 벽제로 달려가긴 했는데, 이미 참배 시간이 지나 버려서 난 못 뵈었어.

"그래……."

도준이 한숨 섞인 목소리로 대꾸하며 고개를 주억거렸다.

세상 유일한 가족마저 망각하고 있었다니. 신경이 곤두선 까닭인지 자괴감이 이만저만이 아니었다. 달력을 보지 못했다면 이달 내내 기억하지 못했을지도 모른다.

–그래도 다행이야.

"다행이라니?"

보이지 않는 채린은 망설이는 듯이 뜸을 들이고 있었다.

–그게, 재건 오빠 덕분에…….

"재건이가 왜?"

–말하지 말라고 했는데. 실은 오늘 재건 오빠가 낮에 가셔서 제사 지내주셨어…….

"뭐……?!"

도준이 자기도 모르게 몸을 벌떡 일으켰다.

"네가 말했어?"

–아니야, 재건 오빠가 기억하고 먼저 전화하셨어. 오늘 도준이 형님 기일 아니냐면서…… 자기라도 다녀와야겠다면서…….

"……!"

도준은 입을 벌린 채 할 말을 잃었다. 낮에 재건과 통화했던 일이 뇌리 가득히 떠올랐다.

형이 잠든 납골당에서 돌아오는 길에 전화를 걸었던 걸까. 그런 친구의 전화를 매몰차게 끊어버리다니.

"진천위는 네 덕분에 세상에 태어날 수 있었던 캐릭터라는 거, 이걸 꼭 좀 알아줬으면 좋겠다."

흘려들었던 재건의 말이 다시금 살아나 귓가를 울렸다.

도준은 한 손으로 얼굴을 싸매고 소파 위로 무너지듯 주저앉았다. 숨결이 달아오르면서 온몸이 들썩이기 시작했다. 재건에게 전화해야 하는데…… 면목이 없었다.

–오빠……? 혹시 지금…… 울어?

"시끄러."

밤이 깊어가고 있었다. 채린은 아무 말 없이 사랑하는 남자의 흐느낌을 오래도록 들어주었다.

BIG LIFE

"시간을 내주셔서 정말 감사드립니다, 하 선생님."

"그런 말씀 마시고 얼른 드세요. 식으면 맛이 없습니다."

재건과 문화부 차관보는 각자 수저를 들고 자신의 설렁탕을 먹기 시작했다.

재건이 무명 시절 자주 이용했던 식당이었다. 값은 저렴하고 양도 많아서 즐겨 찾던 이곳을 지금까지도 그는 자주 찾고 있었다.

"전화 받아주셔서 정말 기뻤습니다, 선생님."

차관보가 눈치를 살피며 조심스레 말했다. 그도 그럴 것이 이제 재건은 정부 기관 및 정계와 관련된 그 누구의 전화도 받지 않는다. 공쿠르상까지 수상하고 난 뒤로 정치권에 힘을 보태달라는 요청이 줄을 이었다. 이것이 재건으로 하여금 학을 떼게 만든 계기였다. 이제 그가 전화를 받아주는 상대는 오로지 사람으로서 마음이 맞았던 문화부 차관보뿐이다.

"사실…… 더 브레스 때문에 이만저만 시끄럽지가 않습니다."

"어렴풋이 추측은 하고 있었습니다."

재건이 입속의 음식물을 삼키고는 대답했다.

어차피 차관보의 방문 목적은 뻔했다.

'더 브레스'는 2부로 완전히 끝인가?

3부가 나올 여지는 없는가?

국익을 위해 3부, 4부까지 계속 집필해 주실 수는 없는가?

문방위 소속 의원들과 문화부 장관의 이러한 궁금증을 대신 전하러 온 것이다.

"간략히 말씀드리자면 더 브레스 2부는 절반 조금 넘는 분량이 완성됐습니다. 결말은 3부가 나올 빌미를 남겨둘지 아니면 2부로 끝낼지 아직 완전히 정하지 못했고요."

"그러시군요……."

"게다가 더 브레스 2부를 3부까지 쓸 수 있도록 안배하고 끝낸다고 해도 당장 우선순위는 아니라서요."

"우선순위라니, 그 말씀은 혹시 다른 작품을 구상 중이라는 뜻이십니까?"

"일단은 생각만 하고 있습니다. 구상까지 진입한 단계는 아니에요. 지금은 이 정도로밖에 말씀드리질 못하겠네요."

식사를 마치고 차관보를 먼저 보낸 뒤, 재건은 두 손을 주머니에 찔러 넣고 비포장도로의 갓길을 터벅터벅 걸었다.

차관보에게 한 말은 거짓말이 아니었다. 다른 작품을 구상하고 있는 것은 사실이니까.

돌아보면 개량 한복의 노인을 볼 수 없게 된 이후부터였다.

재건은 나날이 '이것'에 대해 생각하고 있었다. 하루하루 지날수록 막연히 생겨난 마음의 짐도 커져 가기만 했다.

얼마나 걸었을까.

이윽고 도착한 곳은 대선배의 무덤 앞이었다. 인사하고 그 앞에 쪼그려 앉은 재건은 긴 한숨 끝으로 입을 열었다.

"제가 써도 됩니까?"

아직은 냉랭한 봄바람이 재건과 무덤 사이를 헤집고 지나갔다. 재건은 시선을 바닥으로 내리깐 채 가방 지퍼를 열었다. 새로 깔끔하게 엮인 원고를 꺼내 들면서 그가 혼잣말을 하듯 말을 이었다.

"선배님이 미처 채우지 못하고 남겨두신 여백…… 제 손으로 채워도 되겠습니까?"

재건이 대답을 주지 않는 무덤 앞으로 원고를 내밀어 보였다.

커다란 삶.

겉표지에 새겨진 제목이다. 재건이 직접 손 글씨로 쓴 것이다. 서상도로부터 받은 소중한 원본은 서재 깊숙한 곳에 고이 모셔두었고, 이것은 필사본이었다.

"이걸 주신 아드님과는 연락이 끊겨서 닿질 않네요. 서상도 선배님과 상의를 하고 싶었는데."

재건이 원고 위로 시선을 내리깐 채 중얼거렸다.

서상도가 '커다란 삶'과 함께 남겼던 편지 내용은 여전히 뇌리에 생생했다. 유일하게 화마를 면한 작품이라고, 아버지의 다른 유품들처럼 이것 역시 하 선생님께서 처리해 주셨으면 좋겠다고, 서상도는 간곡한 어조로 부탁하고 사라졌던 것이다.

"아무리 기다려도 아드님의 연락은 오지 않고, 도대

체…… 제가 이 원고를 어떻게 해야 할까 고심을 참 많이 했습니다. 이토록 훌륭한 선배님의 글을 이렇게 묻어두고만 있는 것도 올바른 일일까 많이 혼란스러웠어요."

재건이 풀밭 위로 내려놓은 원고를 펼치며 말을 이었다.

"제가 존경하는 교수님 한 분도 전율이 오는 글이라고 하셨습니다. 불필요한 문장은 단 한 줄도 찾아볼 수 없었다고, 기술적인 완성도는 물론이거니와 작가가 표현코자 하는 심상이 소설 전반에 걸쳐 경악스러울 만큼 조화를 이루고 있다고…… 그 교수님이 그토록 누군가의 작품을 격찬하시는 모습은 그때가 처음이었습니다."

재건의 말은 과장이 아니었다. 오죽 혜선의 극찬이 충격적이었으면 아직까지 토씨 하나 틀리지 않고 오롯이 기억하고 있을까.

고개를 든 재건이 무덤을 바라보며 쓰게 웃었다. 문득 코끝이 찡해져 왔다. 이토록 대단한 재능을 갖고도 평생 한 번 세상에 나서지 않았던 서건우의 삶이 안타까워서.

"그 교수님이 저에게 말씀하셨어요. 이 7만 자 남짓의 미완성 원고를 네 손으로 마무리하면 어떻겠냐고. 아마 그때부터 마음 한구석에 짐이 생겨난 것인지도 모르겠습니다."

재건이 긴 한숨을 조각조각 뱉어냈다.

한참을 우두커니 앉아만 있던 그는 이내 원고를 도로 가방에 넣으며 일어섰다.

"선배님께서 어떤 마음으로 이 글을 쓰셨을지 그 십분의 일도 헤아리지 못하는 주제에 부족한 필력으로 선배님의 여백을 채우려 고심하는 이 못난 제자를 용서해 주십시오. 출판 여부와 관계없이 어떻게든 마침표는 찍어보겠습니다. 그것이 선배님을 위한 길이라고 저는 감히 생각합니다."

완성되면 다시 찾아뵙겠다는 말을 속으로 덧붙이며 재건은 돌아섰다.

몇 걸음이나 갔을까. 핸드폰이 울리며 연우로부터 전화가 걸려왔다.

"어, 연우야."

–점심 드셨어요, 형?

"차관보님이랑 먹었다. 너는?"

–저도 현경이 형이랑 민호 형이랑 은영 누나랑 같이 먹었어요. 그것보다 형, 작가 사무실 에세이 초고 정리했는데 한 번 읽어주실 수 있으세요?

"그래, 메일로 보내줘. 금방 완성했네."

–애초에 새로 쓰는 것도 없었고요. 블로그에 올린 글들 깔끔하게 정리해서 엮은 수준이니까요. 이제 제목만 남았는데 어떻게 지어야 할지 모르겠네요. 괜찮은 제목 없을까요?

"으음, 나도 좀 생각해 봤는데 사무실 작가들의 아름다운 세상 만들기 같은 건 어때?"

–에혀, 깜박했네요. 형한테 여쭤본 제가 죄인입니다.

"야, 인간적으로 너무하는 거 아니냐? 내 제목이 어때서? 서정적이고 좋잖아?"

–제목 이야기는 죄송하지만 잊어주세요. 사무실로는 오늘 돌아오실 거죠? 은영 누나가 백숙 해주신다는데요.

"오늘은 못 가겠다. 조용히 혼자 정리해야 할 것이 있어서."

'커다란 삶'이 담긴 가방을 꾹 잡고서 재건은 대답했다.

결심이 확고히 섰다. 서상도의 연락을 마냥 기다릴 것이 아니라 쓰면서 기다려도 될 일이다. 집으로 향하는 발걸음이 올 때보다 훨씬 가벼웠다. 역시나 선배님께 털어놓기를 잘했다는 생각이 들었다.

BIG LIFE

–탈고까지 고생 많으셨습니다, 이연우 작가님. 표지도 정해졌으니 최대한 빠른 시일 안에 출간될 수 있도록 최선을 다하겠습니다.

"네, 편집장님. 그럼 고생하시고 연락 주세요."

전화를 끊고 난 연우가 힘껏 기지개를 켰다. 민호와 현경을 비롯한 주변의 작가들이 일제히 축하의 박수를 보냈다.

"와~ 금세 끝내네. 잠도 안 자고 퇴고만 해대더니."

"그러게요. 요즘 연우 에세이 쓸 때 보면 손가락이 안 보이더라니까요."

연우가 뒷머리를 긁적이며 머쓱하게 웃었다. 에세이 원고를 오늘로서 완전히 끝냈다. 이제는 출간돼서 세상에 나가는 일만이 남았다.

"잘됐으면 좋겠다."

봉이가 의자째로 빙글 돌아앉으며 말을 꺼냈다.

"재건 오빠 얘기도 듬뿍 들어 있으니까 많이 팔리겠죠?"

"으음, 그렇게 단정 짓기는 조금 어렵지 않을까."

현경이 조금은 회의적인 기색으로 말을 받았다. 바로 옆에 앉은 민호도 적잖이 공감하는 듯 고개를 주억거리는 중이었다.

"잘 모른다고요? 재건 오빠 얘기가 나오는 책인데도요?"

"대부분 독자는 소설에나 관심이 있으니까. 세계적인 작가가 쓴 자서전이나 수필도 해당 국가에서나 조금 흥하고 말지, 잘 수입도 안 해."

"으음, 그런가……."

"뭐, 그래도 재건이 형은 확실히 한국에서 엄청나게 성공하셨으니까. 판매량에 분명히 힘이 되어주시긴 할 거야."

현경이 연우의 어깨를 툭 치며 물었다.

"얼마나 팔렸으면 좋겠냐? 한 10만 부?"

"무슨 말씀이세요, 형. 지금 한국 시장에서 에세이로 10만 부면 대박 오브 대박인데요. 저 그렇게까지 욕심 없어요."

"거짓말하지 마. 많이 팔리면 너도 좋을 거 아니야."

"많이 팔리면 당연히 기쁘긴 하겠죠. 수원에 계시는 어머니도 작업실 가까운 곳으로 모셔올 수 있을 거고."

고개를 떨어뜨린 채 말하는 연우는 쓴웃음을 짓고 있었다.

조금 숙연해진 분위기 속에서 민호가 일어섰다. 그는 우직한 맏형답게 연우의 어깨를 다독이며 응원을 건넸다.

"좋은 결과 있을 거다. 다 써버렸으니 이제는 잊어버려."

"고맙습니다, 형. 재건이 형 덕분에 책을 내게 된 것만으로도 너무 행복해요. 정말이에요."

바로 그때, 욕실 문이 벌컥 열리며 은영이 뛰어나왔다. 젖은 머리를 감싼 타월이 떨어지는 것도 못 잡고 그녀는 다급히 물었다.

"민호 형, 지금 시작 아니야?"

"뭘 말하는 거야?"

"생중계! 오늘이라면서?"

"아, 맞다! 연우 에세이 말하느라 잊고 있었네."

민호가 허겁지겁 제 자리의 컴퓨터 앞으로 가 앉았다. 은영을 포함한 작가 모두가 그의 등 뒤로 모여들었다. 곧이어

모니터 한가득 영상이 떠올랐다. 이제 막 시작된 '현대지존록' 제작 보고회였다.

BIG LIFE

제작 보고회 현장의 열기는 여느 작품들보다 뜨거웠다.

취재진의 관심은 단상 위에 일렬로 앉은 사람들 중 단 두 사람에게만 집중되어 있었다.

한 사람은 '현대지존록'의 주연배우, 또 한 사람은 원작자였다.

"박도준 씨에게 여쭤보고 싶습니다. 영화를 촬영하시는 내내 모든 매체와의 인터뷰를 일절 사양하셨습니다. 배역에 집중하고 싶다는 이유에서였는데요. 그 결과가 어떤 것 같으십니까?"

"후회가 남지 않도록 최선을 다했습니다."

"극중 사용되는 중국어 비중이 꽤나 높은데요. 연기하시면서 어려운 점은 없으셨나요?"

"대본에 나오는 중국어 대사만큼은 철저하게 연습했습니다. 중국 제작진분들도 발음이나 억양에 전혀 위화감이 없다고 인정해 주셨습니다."

도준의 대답에는 거침이 없었다.

그는 제작 보고회 내내 한 번도 웃음을 보이지 않았다. 아직도 '현대지존록'의 주인공 진천위로서 품은 긴장감이 완전히 풀리지 않은 까닭이다.

한편.

"이번엔 또 하재건 작가님께도 질문이 있습니다."

꿔다 놓은 보릿자루처럼 앉아만 있었던 '스무 살의 여름' 제작 보고회 시절이 거짓말처럼 여겨질 만큼, 이제 그의 입지는 단순한 원작자가 아니었다.

"사실 오늘 제작 보고회에도 불참하실 거라 생각했다가 굉장히 놀랐습니다. 악의 이후로 대중 앞에 모습을 보이시는 건 실로 오랜만이신데요. 소감이 어떠신가요?"

"무척 가슴이 뜁니다. 걱정되는 마음은 전혀 없습니다. 훌륭한 감독님과 제작진, 그리고 박도준 씨를 비롯한 배우분들께서 좋은 작품을 만들어주셨으리라 믿고 있습니다."

대답이 끝나기가 무섭게 이번엔 다른 기자가 나섰다.

"현대지존록 국내 정식 개봉일이 불과 두 달 후입니다. 이런 상황에 더 브레스 영화를 제작하고 있는 미국 위저드 픽쳐스에서도 개봉이 임박했음을 모 매체를 통해 시사했는데요. 개봉 기간이 겹치게 될 경우 하재건 작가님 입장에서는 집안싸움이 되는 것 아닙니까?"

주변에 가벼운 웃음이 번졌다.

재건도 곤혹스럽다는 듯이 웃으면서 대답했다.

"만약 겹치게 되더라도 그건 현대지존록이 충분한 기간을 두고 개봉된 이후가 될 겁니다. 그래서 그러한 부분에 대해서는 그다지 생각해 본 적이 없습니다."

"더 브레스 2부 집필을 거의 다 끝내셨다고 들었습니다. 2부 영화화에 관해서는 결정된 사항이 있습니까?"

"죄송하지만 지금 질문하신 부분은 현대지존록 제작 보고회의 범주를 많이 벗어난 것 같습니다. 보고회가 끝난 후에 따로 답변을 드리거나 하겠습니다."

재건이 정중히 사양했다. 이 자리의 주인공은 '현대지존록' 제작진 및 출연진이다. 그러나 몰지각한 기자는 한 사람으로 그치지 않았다.

"더 브레스 2부를 집필하시게 된 계기가 문화부 장관의 요청 때문이라는 얘기가 있습니다. 한국 콘텐츠 산업의 발전을 위해 1부로 끝내지 말아달라는 간곡한 요청이 있었다고 하는데요. 이 소문이 사실이 맞는지요?"

"앞서 기자분께 드린 답변을 되풀이할 수밖에 없습니다. 부탁드리니 이 자리에서는 영화 현대지존록에 관한 질문만 해주셨으면 합니다."

완곡한 거절이 반복되자 기자도 별수 없이 물러설 수밖에 없었다.

그 여백을 틈타 바통을 이어받은 다른 기자가 마이크를 들고 앞으로 나섰다.

"저는 박도준 씨와 하재건 작가님 두 분께 한꺼번에 질문을 드리고 싶습니다. 두 분이 절친한 친구라는 건 이미 여러 매체를 통해 대중에게도 익히 알려져 있는 사실인데요. 이번에도 여러모로 작품에 대한 교류가 있었는지요?"

"아…… 그건……."

재건이 말끝을 흐리며 도준 쪽을 힐끗 돌아보았다. 기자에게 해줄 말이 없었다. 도준의 형이 잠든 납골당에 다녀왔던 날 짧은 통화를 했던 것이 전부였다. 그리고 그때 말한 정도로는 작품에 대한 교류라고 언급하기도 힘들다. 여기에 더해 머쓱한 기분도 없지 않았다. 제작 보고회가 시작되기 전에도 도준과 제대로 대화를 나눌 틈이 없었던 까닭이다.

도준은 제작 보고회가 열린 오늘까지도 여전히 어딘가 경직된 분위기였다. 그래서 재건도 안부 외엔 많은 말을 걸지 않았다. 도준이 먼저 뭐가 됐든 마음의 짐을 내려놓고 다가올 때까지 기다릴 요량으로.

정적이 이어지자 기자가 웃으며 농담을 던졌다.

"왜 두 분 모두 말씀이 없으시죠? 지금 제가 보기에 되게 사이가 어색한 느낌인데요. SNS를 보면 자주 함께 당구를 치시던데 혹시 만나시자마자 당구 치셨나요? 결과 때문에 다투셨어요?"

취재진은 물론이고 방청객들도 한꺼번에 웃음을 터뜨렸다.

잠시 후 웃음이 그치자 비로소 도준은 마이크를 들었다.

"아직 당구는 치기 전입니다. 이번에도 재건이와, 아니, 죄송합니다. 하재건 작가님과 시간이 날 때마다 의견을 나누곤 했습니다. 훌륭한 원작을 쓴 작가답게 여러모로 중요한 조언을 해주셨습니다."

재건은 자신의 무릎을 내려다보며 홀로 웃었다. 자신이 도준에게 도움을 준 부분은 전혀 없었다. 형식적인 답변이라는 걸 알면서도 내심 도준에게 미안한 기분이었다.

"이 자리를 빌려 하재건 작가님께 배우로서, 그리고 친구로서 다시 한번 감사하는 바입니다. 아직 한국에 와서 제대로 말도 하지 못했습니다."

말을 마친 도준이 재건 쪽으로 살짝 고개를 숙여 보였다.

질문했던 기자가 박수를 쳤다. 그로부터 시작된 박수갈채가 객석 전역으로 번져 나갔다.

제작 보고회가 종료된 후, 재건은 누구보다도 한발 앞서 현장을 나섰다. 그러나 비상구로 이어지는 복도를 채 돌아나오기도 전에 쫓아온 도준에게 붙잡혔다.

"뭐야? 인터뷰는 어떡하고?"

"그런 거 나중에 해도 돼. 비겁하게 나한테 다 떠넘기고 몰래 먼저 도망가기냐?"

"그래, 비겁해서 먼저 도망간다. 배고파서 밥 먹으려고."

두 친구가 약속이나 한 것처럼 피식 웃음을 터뜨렸다. 아무도 없는 복도 한가운데에서 도준은 말을 이었다.

"그때 미안해. 영화 때문에 신경이 날카로웠어."

"이해한다. 그런 부분 배려 안 한 내 잘못이지."

"네 잘못이 아니라 내 꼴이 더러워서 그래. 아무튼 영화는 걱정하지 마라. 네 말대로 진천위를 이 우주 대스타 박도준에게 완벽하게 맞췄으니까."

"그런 말 안 해도 괜찮아. 걱정한 적 없어. 네가 지금까지 보여준 연기는 다 최고였어. 현대지존록도 그럴 거야."

"그리고……."

"그리고 뭐?"

도준이 도무지 말을 잇지 못하고 두 눈을 이리저리 돌렸다. 잠자코 기다리는 재건 앞에서 그는 한참 만에야 가까스로 입을 열었다.

"우리 형……."

"아, 됐고 밥 먹으러 가자. 인터뷰 안 할 거면."

재건이 손사래를 치며 말을 막았다. 마음에서 마음으로 전해졌으면 그걸로 충분하다. 우주 대스타께서 특유의 냉정함을 잃고 어쩔 줄 몰라 하는 모습을 보는 것도 재건에게는 달가운 일이 아니었다.

"알았다, 이대로 튀어야지. 뭐 먹을까?"

"부대찌개만 빼고 다 좋다. 요즘 하도 많이 먹어서. 태봉이 형한테는 전화 안 해?"

"일단 튀고 나서 전화해도 돼. 가자."

"난 뒷일 책임 안 진다. 이거 네 의지로 가는 거야."

"하여간 새가슴 하재건."

두 친구는 낄낄거리며 내달리기 시작했다.

뒤늦게 들이닥친 취재진을 텅 비어버린 복도가 맞이하고 있었다.

150장

타고났다고 하더라

완연한 봄기운으로 세상이 따사로운 어느 하루.

새로운 소식 하나가 주요 경제 관련 일간지의 중앙을 장식했다. 웅성출판그룹의 수장 오태진이 주주총회를 거쳐 퇴임을 결정했다는 기사였다.

수십 년 동안 한국 출판 업계의 발전에 지대한 영향을 끼쳤으며 작가로서도 상당한 업적을 이룩한 태진이다. 그렇기에 그의 은퇴 소식에 대한 세간의 반응은 상당했다.

"그간 고생 많으셨습니다, 아버지."

집으로 돌아오는 차 안.

이제는 명예 회장으로 이름을 남긴 아버지에게 명석이 말했다. 태진은 창밖으로 시선을 둔 채 희미하게 웃었다. 이내 한 손을 뻗어 명석의 어깨를 다독이며 대꾸했다.

"이제 애비도 홀가분하다. 너한테 죄다 떠넘겼으니까."

"아버지께서 이룩하신 성과의 절반이라도 해낼 수 있도록 혼신의 힘을 다하겠습니다."

명석의 다짐도 여느 때와는 달리 묵직했다. 이제는 더 이상 웅성의 편집장이 아니다. 웅성 전체를 책임져야 할 대표이사의 자리에 오른 것이다. 왕좌를 물려받았으니 하루라도 빨리 왕에 걸맞은 자질을 갖춰야 한다.

"그런 말은 하지 말아라."

태진이 인자한 미소로 돌아보며 입을 열었다.

"네가 나보다 못한 게 없다. 근성과 재능, 성실하고 올바른 인성까지 모든 부분에서 모자람이 없어."

"그렇지 않습니다, 아버지. 저도……."

"아들이라서 하는 소리가 아니야. 나도 이렇게 최근에야 깨달았다. 넌 대단한 녀석이야. 경영자로서의 경험이야 시간이 가면 자연스레 축적될 테고…… 네 대에서 웅성은 세계적인 회사로 자리매김하게 될 거다."

명석은 목이 메어 입을 다물었다. 존경하는 아버지로부터 인정받았다는 뿌듯함보다는 쓸쓸한 기분이 더했다. 한평생을 바쳐 가꿔놓은 회사를 떠나는 아버지의 심정이 어떤 것일지 명석은 감히 짐작할 시도조차 할 수 없었다.

"아무튼 이제 정말로 후련하다. 하고 싶은 일들 마음껏 하고 놀면서 지낼 수 있겠구나."

"하하, 그럼요. 어머니랑 여행부터 한 차례 다녀오시는 건 어떠세요? 스위스 얘기 자주 하시던데요."

"아니, 여행은 나중에."

태진이 단호하게 고개를 가로저었다. 이건 아버지가 이미 모종의 계획을 세웠다는 뜻이다. 그렇게 짐작한 명석은 조심스레 눈치를 살피며 물었다.

"달리 하시고 싶으신 일이라도 있으세요?"

"그래, 그런데……."

태진이 말끝을 흐리며 턱 밑을 긁었다. 한참이나 생각하던 그는 일시에 활짝 웃으며 명석의 어깨를 툭 쳤다.

"나중에 자세히 말해주마."

"네?"

"당장은 말하고 싶어도 해줄 것이 없다. 시간이 좀 지나고 얘기해 줄 테니 지금은 묻지 말아다오."

"알겠습니다, 아버지. 기다릴게요."

명석은 더 묻지 않았다. 아들로서 짐작 가는 부분이 없는 것은 아니었다. 평생을 함께 해온 아버지의 성격은 세상 누구보다도 장남인 자신이 가장 잘 안다고 자부하니까.

이윽고 차가 집에 도착했다.

가족들과의 식사를 마친 뒤, 태진은 자신의 서재에 홀로 들어섰다. 등 뒤로 문을 굳게 닫는 그의 두 눈이 또렷하게 빛나고 있었다.

'이제 하루 24시간을 글쟁이로서 살 수 있다.'

명석의 예측은 틀리지 않았다. 아들이 짐작했던 그대로 이제 은퇴한 이 아버지는 글을 쓸 계획을 세웠다. '마지막 여행'을 끝으로 더 이상 글을 쓰지 않겠다던 마음을 철회한 것이다.

태진은 서재로 가 가장 끝자락에 꽂혀 있던 책 한 권을 꺼내 들었다.

악의.

표지를 내려다보면 태진의 두 눈이 이글이글 타올랐다. 묻어두었던 불쾌감이 스멀스멀 솟구쳐 오르고 있었다.

'나도 마음만 먹으면……! 제대로 집중할 수만 있다면……!'

태진이 글을 더 써야겠다고 결심하게 된 결정적인 계기는 바로 이 '악의'였다. 자신의 작품과 비슷한 시기에 출간되었고 이제는 압도적인 격차로 정점을 찍은 작품이다.

'악의'를 펼치는 태진의 손가락 끝이 파르르 떨렸다. 과연 세상이 인정할 수밖에 없는 훌륭한 작품이라는 것이 그가 내린 결론이었다. 벌써 열 번도 넘게 완독했지만 그 마음은 한 점 변함이 없었다.

빠드득.

무심코 태진이 이를 부서지도록 갈았다. '악의'를 읽고서 느낀 열등감과 자괴감은 이루 말할 수 없을 정도로 격렬했다. 훌륭한 작품에 감탄을 금치 못하다가도 끝내 남는 감정은 울화뿐이었다.

언제부터 이렇게 비뚤어진 걸까.

아주 오래전의 자신은 이런 성격이 아니었다. 훌륭한 작품을 읽으면 순수하게 감동했고, 모자란 부분을 배우려 노력했다. 항시 긍정적으로 더 나은 작가가 되기를 소망하는 삶이었다.

"네놈 때문이야……."

태진이 원망 가득한 목소리로 중얼거렸다. 살기로 물든 두 눈은 책장의 한곳으로 옮겨가고 있었다. 표적은 다름 아닌 자신의 작품 '마지막 여행'이었다.

"네놈 때문에…… 네놈만 내 인생에 없었어도…… 나는…… 나도 타고난 글쟁이인데……!"

태진은 몸을 무너뜨리고 두 손으로 바닥을 짚었다.

이제는 세상에서 사라져 버린 유일한 숙적. 아무리 노력해도 넘어설 수 없었던 벽이 다시금 주위를 에워싸는 기분이었다.

철벽에 갇혀 살아왔던 지난날들이 얼마나 가혹했었는가.

노년에 이르러서야 가까스로 숨통이 트였다고 좋아했건만, 어느새 그 숙적을 연상하게 만드는 드높은 벽이 병풍처럼 사방에 둘러쳐져 있었다.

아니, 어쩌면 그 숙적 이상이다.

'하나면 족합니다. 제발 내 스스로 만족스러울 만한 단 한 작품만이라도…….'

신도 믿지 않으면서 태진은 간절히 빌었다. 한 사람의 작가로서 화려하게 퇴장할 수 있게 되기를. 장남을 비롯한 세상의 많은 사람에게 극찬을 받아볼 수 있게 되기를. 생애 단 한 번만이라도 좋으니, 그대로 숨이 끊겨져도 관계없으니 제발.

한참 후, 태진은 몸을 일으켜 자신의 책상으로 비틀거리듯 향했다. 도중에 문득 서재 구석의 금고로 시선이 갔다. 자신 외에는 그 누구도 열 수 없는 금고. 한참을 망설인 끝에 태진은 입술을 깨물며 금고를 등지고 돌아섰다.

'지금…… 저것을 열면 완전한 패배다.'

BIG LIFE

"여기가 좋겠어요, 어머님."

"그래, 수희야. 일찍 들어와서 좋은 자리 잡았네. 여보, 여기서 점심 드십시다."

자리를 펴는 명자의 얼굴에서 미소가 그치지 않았다. 화창한 날씨를 제대로 택한 데다 자리까지 좋으니 더 바랄 나위가 없었다.

먼 우리에서 호랑이의 울음소리가 들려왔다. 오랜만에 찾아와 보는 동물원이었다. 명자와 석재, 그리고 재건과 수희까지 한 가족의 편안한 나들이였다.

"이렇게 넷이 나오니까 참 좋구나."

석재가 새록새록 돋아나는 초목을 둘러보며 중얼거리듯 말했다. 옆의 명자는 도시락 뚜껑을 열다 말고 반박했다.

"네 사람이 아니죠."

"무슨 소리야? 아……."

의미를 알아챈 석재가 고개를 돌리고 헛기침을 했다. 명자는 신이 나서 웃음을 터뜨렸고 수희는 수줍어 고개를 숙였다. 도톰해진 배가 수희의 두 눈에 가득했다.

"불편한 데는 없어?"

나란히 앉은 재건이 물었다.

수희는 웃으며 고개를 가로저었다.

"괜찮아, 아기가 뭘 하는지 느껴지지도 않을 만큼 편해. 오늘 엄마 소풍 왔다고 조용히 있어주는 건가 봐."

"기특하기도 하지. 사려 깊은 걸 보면 역시 딸이 아닐까."

재건이 별 뜻 없이 한 말에 명자는 은박 접시에 김밥을 덜던 손길을 멈추고 쳐다보았다.

"얘는, 아무래도 첫애는 아들이 좋지 않겠니?"

"저는 딸이 더 좋은데……."

거기까지만 말하고 재건은 입을 다물었다. 차마 '딸을 낳으면 수희처럼 예쁠 것이다'라는 말은 부모님 앞에서 부끄러워 할 수가 없었다.

"당신 생각은 어떠시우?"

"나는 아들이니 딸이니 그런 것보다……."

석재가 망설이는 기색으로 뜸을 들이더니 말을 이었다.

"우리 며느리 직장 생활이 고되지 않을까 걱정이라. 너무 무리하지는 않았으면 좋겠구나."

"아…… 네, 아버님. 새겨듣겠습니다."

조만간 이런 이야기가 나올 줄 알고는 있었다.

수희는 육아 휴직을 신청할 시기를 최대한으로 늦출 생각이었다. 남편의 원작으로 만들어진 '더 브레스 온라인' 때문이다. 정식 서비스가 되는 그날까지는 팀장으로서의 자리를 지키고 싶은 마음이었다.

"아이구, 화장실을 좀 다녀와야겠네."

"아, 어머님. 저랑 같이 가세요."

명자와 수희가 일어나 길 저편으로 멀어져 갔다. 멀어져 가는 그들의 뒷모습을 가만히 바라보면서 석재는 입을 열었다.

“재건이 너 어릴 때 여기 참 좋아했는데.”

“네, 누나도 자주 얘기해요. 제가 동물원 참 좋아했다고.”

“주말만 되면 동물원 가자고 어찌나 졸라대던지. 놀이동산보다도 훨씬 좋아했어. 덕분에 애비는 돈이 많이 굳어서 좋았지. 그놈의 자유 이용권은 옛날에도 너무 비쌌어.”

두 부자가 연달아 몸을 들썩이며 웃었다.

잠시 후 웃음이 가시고 났을 때, 석재가 문득 추억을 한 면을 훑듯이 두 눈을 가늘게 떴다.

“그러고 보니…… 예전에 네가 글을 쓰던 데가 여기 어디쯤이었던 것 같은데…….”

“동화요?”

“그래, 저쪽이 맹수들 우리 있는 방향이니…… 얼추 이쯤이 맞겠구나. 어쩌면 이 테이블이었을지도 모르겠네.”

“무슨 말씀하시는 거예요?”

석재가 테이블 끝을 손가락으로 또드락거리며 말을 이었다.

“한번 네 엄마랑 누나까지 전부 소풍을 온 적이 있었다. 네가 초등학교 4학년 때인가…… 그럴 텐데. 너 글짓기 대회 준비한다고 여기까지 와서 산문을 썼지."

"그래요? 저는 전혀 기억이 안 나는데."

재건이 고개를 갸우뚱거리며 생각에 잠겼다. 아무리 생각해도 동물원에 와서 글을 쓴 기억은 떠오르지 않았다. 비단 그날만이 아니라 어린 시절의 태반이 그랬다. 특징적인 사건이 있었던 날을 제외하고는 대부분을 잊어버렸다.

석재가 말을 이었다.

"그때 너랑 누나는 엄마 따라서 동물들 보러 가고. 나는 짐도 지키면서 쉴 겸 여기 앉아 있었지. 그러자마자 옆에 앉아 있던 웬 형씨가 와서 말을 걸더구나. 한번 읽어보면 안 되겠냐고."

"제가 쓰던 글을요?"

"그래서 그날을 또렷하게 기억해. 애비도 오랜만에 여기 다시 오기 전까지는 오래도록 잊고 살긴 했지만. 아무튼 난 당황했지. 원 별난 사람도 다 보겠군 하고. 그래도 워낙 진지한 표정이어서 보여줬더니 아주 열심히 읽는 거야."

석재가 잠시 말을 멈추고는 어처구니없다는 듯이 웃음을 터뜨렸다. 두 손바닥까지 하늘로 향하도록 들어 보이면서.

"한참을 들여 열심히 읽더라. 그때 네가 가져온 노트에는 글이 제법 많았으니. 다 읽고 나더니 그래, 그 형씨가 뭐라는 줄 아니?"

"뭐라고…… 했는데요?"

"네가 작가의 자질을 타고났다고 하더라."

"……?"

"그 뒤로 흥분해서는 아드님 나이가 정확히 몇이냐, 당장 붙잡고 첨삭 지도를 해주고 싶을 정도다, 자기한테 꼭 한번 연락 좀 해달라면서 전화번호까지 주고 갔다. 그때 생각하면 정말 어이가 없어서……."

석재가 옆 테이블을 돌아보며 한 손으로 가리키며 덧붙였다.

"그 형씨도 자기 아들이랑 같이 있었는데. 너보단 좀 컸나. 아무튼 그 애가 혼자 앉아서 시무룩한 표정을 짓고 있었던 것도 기억이 나. 그래서 내가 민망한 기분도 들었지."

"네…… 아무래도 그랬겠네요. 저라도 아버지가 저 보는 곳에서 다른 집 아이 칭찬하면 속이 상할 텐데요."

"거야 당연하지. 자, 이제 빨리 열심히 먹는 척이라도 하자. 네 엄마 오고 있다."

"윽, 네."

석재와 재건이 허겁지겁 김밥 하나를 집어 입안에 넣었다. 입을 우물거리면서 재건은 아직 해결되지 않은 의문에 관해 물었다.

"그분 성함이나 전화번호 받으셨으면 그대로 남아 있겠네요. 그거 가지고 계세요?"

"글쎄다…… 너무 오래돼서. 어지간한 네 물건은 다 보관해 두는데, 수원 집 돌아가서 창고 한번 뒤져 보마."

대화가 끝나기가 무섭게 명자와 수희가 착석했다. 전혀 줄어들지 않은 김밥을 내려다보며 명자가 눈을 흘겼다.

"왜? 내가 만든 김밥이 맛이 없으셔들? 아니면 무슨 얘기를 그렇게 재밌게 나누셨나?"

"그럴 리가요. 제가 벌써 반 이상을 먹었는데."

"아니야, 재건이가 아니라 내가 다 먹었어."

석재가 당황해서 부랴부랴 변명했다.

수희는 웃음을 참지 못하고 두 손으로 제 얼굴을 가렸다.

드르륵!

"죄송해요, 잠시 전화 좀 받을게요. 여보세요?"

–안녕하십니까, 하 선생님. 린민홍입니다.

"네, 부장님. 안녕하셨어요? 부장님도 대표님도 별고 없으시죠?"

–덕분에 잘 지내고 있습니다. 대표님도 기운차시고요. 이제 중국 선 개봉을 앞두고 인사도 드릴 겸 이렇게 전화드렸습니다. 하나 전해드릴 소식도 있고요.

"어떤 소식입니까?"

–사전 언론 시사회 반응이 심상치가 않습니다.

"심상치 않다니요?"

–아, 긍정적인 의미로 심상치 않다는 겁니다. 리즈팅 선생님께서도 보셨는데 엄지손가락을 추켜세우셨어요.

"리즈팅 선생님께서요? 정말이요?"

재건이 믿지 못하겠다는 듯이 웃으며 되물었다. 주변의 가족들은 무슨 이야기인가 궁금해 귀를 바짝 기울이는 중이었다.

–대호평, 대흥행 예상하고 있습니다. 중국은 물론이고 한국에서도요. 좋은 작품 주셔서 정말로 감사드립니다. 조만간 베이징에서 꼭 한번 모시고 싶습니다. 선생님 가족분들도 함께 말입니다.

"말씀만으로도 감사드립니다. 꼭 한번 찾아뵙겠습니다."

전화를 끊고 난 재건의 마음은 더없이 편안해졌다.

존경하는 리즈팅 선생으로부터 인정받았다. 덕분에 영화가 흥행하느냐 마느냐의 문제에 관해서는 말끔히 잊었다.

"좌석은 VIP로 부탁한다."

"그럼요, 아버지."

"한 1,500만 명만 들었으면 좋겠는데. 기대가 너무 큰가."

"좀 많이 크신 것 같은데요."

"이제 두 양반 얘기 좀 나중에 하시고 김밥부터 들어요!"

허겁지겁 입에 김밥을 넣는 석재는 알지 못했다. 기대가 너무 크기는커녕 오히려 그 반대였다는 것을. 아들이 작가로서 얼마나 무섭도록 성장했는지 아직까지도 온전히 깨닫지 못한 까닭이었다.

151장

프리패스라니

"다리 아프다, 잠깐 앉았다가 갈까?"

"그래, 으음? 저거 무슨 영화야?"

베이징 도심을 걷고 있던 중국인 대학생 커플이 멈춰 섰다. 그들의 시선이 가 닿은 곳은 고층 빌딩에 부착된 초대형 전광판이었다.

중국 전 지역 개봉을 목전에 둔 영화 '현대지존록' 예고편 영상이 흘러나오고 있었다.

[진천위 : 머리가 높네. 꿇으시게.]

"아, 저거 박도준 나오는 영화네."

"그래, 질풍노도 같이 봤잖아. 양잉이랑 나왔던 거."

진천위 역할을 맡은 도준이 화면 속에서 종횡무진하고 있었다.

전광판 예고편이기에 소리가 나오지 않는다. 보다가 답답해진 두 커플은 핸드폰을 꺼내 예고편을 검색했다. 속도감 넘치는 영상이 작은 화면을 통해 화려하게 전개되었다.

[진천위 : 세상을 떠받드는 두 개의 기운을 합쳐 풍도용황의 극을 완성했지. 내 분노가 몇 개인지 세어보면 너희들이 알 수 있을까?]

[나레이션 : 초대형 베스트셀러 '더 브레스', '지존록' 3부작! 프랑스 공쿠르상까지 휩쓴 한국의 괴물 작가 하재건 원작 작품.]

"아, 이거 하재건 그 작가 거였네."

"유튜브로 봤는데 박도준이랑 하재건 친하다며?"

[진천위 : 다들 나와서 내 술 한잔 받아 마시고 술값은 몽땅 동황루에 달아두시게.]

[나레이션 : '바다가 있었다', '질풍노도'의 감성 폭발 월드스타 박도준 주연.]

[나레이션 : 중국 전 지역에서 대 개봉. 투자 및 배급 틴센트 픽처스.]

[진천위 : ……격조하였소.]

"와! 소름 돋았다. 예고편만 봐도 대박인데."

예고편을 다 보고 난 커플 중 남자가 몸을 움찔 떨며 중얼거렸다. 30초가 채 되지 않는 짧은 분량이지만 받은 인상은 강렬했다.

어느새 남자는 예고편 영상 끝자락을 장식했던 박도준을 따라 제 가슴 앞으로 두 손을 모으고 있었다. 그러더니 불쑥 중얼거리는 것이었다.

"격조하였소……!"

"뭐 하는 거야?"

"어때, 나 박도준이랑 비슷하냐?"

"말도 안 되는 소리 좀 하지 마. 이거 원작 먼저 읽어둬야겠다. 그럼 영화 볼 때 더 재미있을 것 같아."

"너 무협 같은 거 고리타분하다면서 안 좋아하잖아."

"그래도 박도준이 주연이면 얘기가 달라지지."

비단 이들 커플만이 아니었다. 중국 전 지역의 주요 도시에서 수많은 중국인이 '현대지존록'의 개봉이 임박했음을 알기 시작했다.

마오옌이 이끄는 틴센트 픽쳐스의 화력은 막강했다. TV와 라디오 등의 매체는 물론이고 주요 인터넷 포털 사이트, 애드벌룬까지 동원한 각종 옥외 광고로 거침없는 마케팅을 펼쳤다.

영화 검색어 1위의 자리를 굳히기까지는 하루 반나절이 채 걸리지 않았다.

중국에서의 선 개봉을 하루 앞둔 저녁.

마오옌은 자신의 초고층 펜트하우스에서 린민훙과 더불어 와인을 마시고 있었다. 커다란 병 하나가 다 비었고 벌써 두 병째. 평소보다 마오옌의 마시는 속도가 빨라 린민훙은 내심 걱정이었다.

"모든 것이 예정대로 진행되고 있습니다, 대표님."

"응, 알아요. 걱정하는 거예요, 린 부장?"

린민훙은 대답 대신 고개를 까닥여 보였다. 초조해 보인다는 말을 입 밖으로 꺼내기는 어려웠던 것이다.

물론 마오옌의 조바심이 이해되지 않는 것은 아니었다. 개정된 원작 소설과 영화를 통틀어 한국인인 박도준을 주인공으로 기용하기까지 여러 고난이 있었다. 임원진을 설득할 명분을 세워 다행히 오늘까지 왔으나 이제 가장 중요한 흥행 문제가 남은 것이다.

"오늘은 술이 잘 들어가네요."

화려한 도심의 야경을 내려다보며 마오옌이 말했다.

"맨 정신으로 하늘의 뜻을 기다릴 자신이 없어. 그러니까 오늘은 잔소리하지 말아주세요."

"네, 제가 끝까지 자리를 지켜드리겠습니다."

"……하 선생님을 중국에 모시기 전에 그럴싸한 성적이 나와줘야 할 텐데……."

"좋은 성적 충분히 나올 겁니다."

마오옌이 잔을 내밀어 건배를 청했다. 잔을 들어 그녀와 맞부딪치고 난 린민홍은 한 모금 마시기에 앞서 뒤늦게 생각난 표정으로 말했다.

"그러고 보니 오늘 하 선생님과 통화를 했는데요. 이런 말씀을 하셨습니다."

"어떤……?"

"굳이 가족 전체를 초청해 주시는 수고를 하시지 않으셔도 된다고, 마오옌 대표님께 신세 진 일이 한두 번이 아니라고 업무적으로 필요하시면 아무 때고 불러달라고 말씀하셨습니다."

멍하니 바라보는 마오옌에게 린민홍은 덧붙였다.

"대표님께는 실례가 될 것 같아 직접 말씀드리기 어렵다고 하시면서 제게 그런 말씀을 해주셨습니다."

"아…… 네."

고개를 주억거리는 마오옌의 입가에 미소가 감돌았다.

문득 한국에서 재건을 처음 만났을 때가 뇌리에 그려졌다. 한없이 부드러우면서도 위축되는 일 없이 의연했던 모습이 인상적이었다. 어느 한쪽으로 치우치지 않고 조화롭게 대처하던 재건의 모습은 평소 존경해 왔던 리즈팅과도 비슷한 데가 있었다.

"정말 좋은 사람입니다."

마오옌이 술잔을 내려놓으며 입술을 뗐다.

"이제야 돌아보니 알 것 같아요. 작가로서 지닌 자존심과 고집을 최소화하면서 어떻게든 나라는 사람에게 보답하려고 여러모로 애를 써주셨다는 걸. 말처럼 쉬운 일이 아니었을 텐데요."

"저도 동의합니다. 업무적인 자리만이 아니라 사석에서도 인간미가 넘치는 분이었습니다. 틴센트 픽쳐스가 정말 좋은 작가와 인연을 맺게 되었다고 생각합니다."

바로 그때, 탁자 위의 핸드폰이 울렸다. 마오옌은 액정에 뜬 이름을 확인하자마자 술기운으로 흐릿했던 두 눈을 똑바로 떴다. 류바우 선전부장의 전화였다.

"네, 마오옌입니다. 이 늦은 시간에 어쩐 일이세요? 네, 하 선생님은 예정대로 내주 중국으로 초청할 예정입니다. 네,

아 그때 오신다는 말씀이시지요? 네에? 상무위원께서요?"

놀란 얼굴의 마오옌이 핸드폰에 대고 되물었다. 곁에 앉은 린민홍은 두 눈을 가늘게 뜨고 귀를 쫑긋 세웠다.

"네, 알겠습니다. 공식적인 건 아니시라는 말씀이시지요. 네, 그럼 그렇게 준비해 두겠습니다. 네, 좋은 밤 되시고 끊겠습니다."

전화를 끊고 난 마오옌은 창밖의 도심을 내려다보며 긴 한숨을 내쉬었다. 생각지도 못한 손님이 나타나는 바람에 부담감이 더해지는 밤이었다.

BIG LIFE

판가름은 고작 일주일 만에 나버렸다.

정확히 일주일 만에 마오옌은 지금껏 짊어져 왔던 근심이 한낱 기우에 지나지 않았음을 깨닫게 됐다. 아니, 깨닫는 수준으로 그칠 일이 아니었다. 생애 최대의 쾌거 앞에서 축포를 터뜨려야 할 순간이었다.

['현대지존록'의 흥행세가 예사롭지 않습니다. 한국의 베스트셀러 작가 하재건의 원작으로 만들어진 지존록 3부작의 첫 번째 작품인데요. 개봉 첫 주 만에 무려 누적 매출 10억

위안을 돌파했습니다.]

[틴센트 픽쳐스에서 제작과 배급을 맡은 '현대지존록'이 중국 영화사의 역대 기록을 갈아치우다시피 하고 있습니다. 중국 역대 2위 흥행작으로 남은 박도준 주연의 전작 '질풍노도'보다도 약 2배 빠른 속도인데요.]

[개봉 직전까지만 해도 한국 배우인 박도준이 주연을 맡았다는 것에 안팎으로 우려가 많았습니다. 하나 막상 영화가 개봉되자 상황이 급변했습니다. 완벽한 국어를 구사하면서 출중한 연기력을 선보인 박도준을 향한 관람객들의 찬사가 그칠 줄을 모르고 이어지는 상황입니다.]

중국 현지에서의 폭발적인 흥행 소식은 멀지 않은 한국으로도 속속들이 전해져 왔다.

한국에서는 중국보다 일주일 늦게 '현대지존록'이 개봉된다. 이제나저제나 개봉할 날만을 기다리는 관객들의 기대감은 이만저만이 아니었다.

여기에 영화 평론가들이 한층 불을 지폈다.

[무술을 싸움의 수단이 아닌 삶의 방식으로 그려내다. 탄탄한 원작의 주요 장면을 과하거나 모자람 없이 담아낸 걸작. 배우 박도준의 숨겨진 면모를 발견한 것은 보너스. - 영

화 저널리스트 이지현]

[가벼운 몸짓과 묵직한 여운, 박도준은 이 작품으로 시대를 관통하는 배우가 되겠구나. –영화 저널리스트 박팽식]

[전혀 다른 세상과 인과로 얽힌 진천위의 행보, 투박한 두 손으로 꾹꾹 눌러 담은 당위성, 간결하게 정곡을 찌르는 교차편집, 날카로운 연출력, 그리고 배우 박도준으로 마무리되는 성찬. – 씨네2000 김효상]

[내 건망증이 심해졌나. 한국에 박도준이라는 배우가 있었다는 사실을 한동안 잊고 살았다. – 무비워커 강형석]

[중국 무협 영화의 화려한 부활! 텍스트로만 존재했던 진천위를 더할 나위 없이 완벽하게 스크린 위로 살려내다! 박도준 씨, 진심으로 그간 격조하였소! – 무비라이트 한재림]

사전 시사회로 영화를 접하고 난 평론가들의 감상은 한국 전역을 들쑤셔 놓기에 충분했다.

부정적인 견해는 두 눈을 씻고 찾아봐도 보이지 않았다. 모조리 극찬 일색이었다.

들뜬 분위기는 부천의 작가 사무실도 매한가지였다. '현대 지존록'에 쏟아지는 대호평에 사무실 전체가 시장처럼 시끄러웠다.

"와, 이번에도 대박인가 보네. 박팽식이 9점을 또 줬어."

"그 사람 점수 진짜 대박 짜잖아요. 오죽하면 우리 아버지도 아시던데."

"그래도 끝까지 10점은 안 주네. 죽기 전에 박팽식한테 10점 받는 한국 영화를 내가 볼 수 있을까 싶다."

"중국에서 이렇게까지 흥행하면 한국에서도 충분히 대박 나겠죠? 근데 죄다 도준이 형 칭찬이네. 연기를 얼마나 잘했다는 거야?"

삑삑삑삑.

비밀번호를 입력하는 소리가 나더니 문이 활짝 열렸다. 양손 가득히 장바구니를 든 재건을 보고 작가들은 약속이나 한 것처럼 벌떡 일어섰다.

"와, 재건이 형. 오늘 갑자기 어쩐 일이세요?"

"오늘 다 같이 저녁 먹으려고 고기 좀 사 왔지. 내일 중국 가면 일정이 어떻게 될지 몰라서."

"이리 주세요, 형. 제가 갖다 놓을게요."

연우와 현경이 재건의 짐을 받아 주방으로 옮겨놓았다. 다시 돌아온 연우의 어깨를 토닥이며 재건은 말을 건넸다.

"에세이 잘 팔리고 있다면서?"

"헤헤, 다 형 덕분이죠. 편집장님이 10만 부는 어렵지 않게 넘길 수 있을 것 같다고 하시더라고요."

"축하한다. 잘돼서 다행이야."

"축하는 형이 받으셔야죠. 저야 10만 부 팔렸다고 해도 인세가 1억 조금 넘는 정도지만 형은 지금……."

문득 연우가 제 입을 틀어막더니 황급히 말을 고쳤다.

"아, 형. 저는 당연히 1억이 작다는 그런 헛소리를 하려는 게 아니었고요."

"고쳐 말하지 않아도 돼. 요즘 들어 왜 이렇게 신중해졌지? 이연우답지 않게. 그냥 막 질러."

"아, 또 제가 언제 그렇게 막무가내였다고 그러세요."

"막무가내 맞았지. 너 나 사무실에서 처음 봤을 때 연중한 작가 아니냐고 시비 걸었잖아."

"그거 진짜 그런 뜻으로 한 말 아니었다니까요. 꼭 현경이 형은 저렇게 쓸데없는 것만 잘 기억하시더라."

한바탕 웃음이 터지는 사무실 한가운데에서 재건은 문득 주위를 돌아보았다. 모든 것이 제대로 흘러가고 있어서 다행이었다.

오래도록 울고 웃으며 함께 지내왔던 작가들은 저마다의 기반을 튼실하게 갖춰가고 있었다.

'돌이켜 보면 참 여러 일이 있었지.'

자신의 손목을 내려다보며 재건은 피식 웃었다. 오늘도 여전히 손목을 지켜주고 있는 것은 사무실 작가들이 돈을 모아 선물해 준 시계였다. 세월 속에 색은 다소 바랬을지언정 그날의 기쁨은 더욱이 찬란하게 빛나고 있었다.

"어차피 식사할 시간도 됐는데 당장 굽기 시작할까요?"

"그래, 자리 비운 사람도 없는데 바로 먹으면 되지. 아, 나 전화 좀 받고 올게."

재건은 자신의 방으로 걸음을 옮기는 동시에 핸드폰을 귓가로 가져갔다.

"네, 사모님."

-오호호, 선생님. 안녕하셨어요? 이제 식사하셔야죠?

등 뒤로 문을 닫으며 재건은 웃었다. 쾌활한 유진의 목소리는 언제 들어도 기분을 좋게 만든다.

"안 그래도 지금 사무실 작가들이랑 고기 구워서 먹으려고 하고 있습니다. 내일 중국 가야 해서 오늘 간단히 회식 겸해서 하려고요."

-그러시구나. 그럼 바쁘실 때 전화드린 거 아니에요?

"이제 저도 나름 선배가 됐는지 동생들이 고기 못 굽게 합니다. 하나도 바쁘지 않으니 안심하시고 말씀하세요."

-후후훗, 네. 선생님, 다름이 아니고요. 맨부커상 인터내셔널 부문 최종 후보에 '악의'가 선정됐어요.

"아아, 네……."

재건이 코끝을 긁으며 조금은 머쓱한 어조로 대답했다.

맨부커상은 영국 최대의 권위를 지닌 문학상이다. 재건이 앞서 받은 프랑스의 공쿠르상과 더불어 세계 3대 문학상으로 손꼽힌다.

본디 맨부커상의 수상 대상은 영국 및 영연방 회원국 작가 한정이었다. 그랬던 것이 몇 년 전부터 영어 소설을 쓰는 모든 작가로 수상 범위를 넓혔다.

재건이 쓴 '악의'는 비영연방 작가와 번역가를 대상으로 한 맨부커상 인터내셔널 부문에 이름을 올린 것이다.

–이번에는 언론이 많이 시끄러워지겠어요. 공쿠르상 수상하시기 직전처럼 에이든 스미스라고 위장하실 수가 없으니까요.

"그러게 말입니다."

–하 선생님 작품인데 제가 다 떨리는 거 있죠? 5월에 결과 나올 때까지 어떻게 기다릴지 모르겠어요. 맨부커상까지 수상하게 되면 악의 하나로 2관왕인데. 정말 한국 문학계 또 한 번 뒤집어지겠죠?

유진의 목소리가 아이처럼 들떠 있었다. 마치 자신의 일인 것처럼 흥분한 기색이 역력했다.

재건은 미간을 좁히고 웃으며 대꾸했다.

"전 공쿠르상만으로도 너무 만족스러워요. 당연히 맨부커까지 받을 수 있다면 좋긴 하겠지만요. 정말로 기대는 전혀 안 하고 그냥 잊고 있습니다."

–맞아요, 하 선생님. 그냥 잊고 계시는 편이 좋을 것 같아요. 이거 괜히 제가 뒤숭숭하시게 해드린 것 같아 죄송하네요.

"아니에요, 그것보다 아드님은 잘 크고 있죠? 중국에서 아기한테 줄 좋은 선물 사가지고 조만간 찾아뵙겠습니다."

–선물 같은 거 준비 안 하셔도 되니까 언제든지 찾아오세요. 회장님 은퇴하시고 요즘 서재에서 집필만 하시는데, 하 선생님 와주시면 많이 반가워하실 거예요.

"알겠습니다, 꼭 한번 찾아뵐게요."

전화를 끊고 난 재건은 한껏 기지개를 켰다. 문득 전신 거울이 시야에 들어왔고, 중국에 가서 짧은 몇 마디라도 인사를 해야 한다는 사실이 떠올랐다.

"으음…… 찌엔 따오 닌 헌 까오 씽. 아, 억양이 너무 어려워……."

재건은 자책하면서도 연습을 이어갔다. 문틈으로는 어느새 맛있는 고기 냄새가 흘러들고 있었다. 연우가 뛰어와서 문을 두드릴 때까지 재건은 연습을 멈추지 않았다.

"응, 이제 막 출발했어. 태봉이 형이랑 도준이도 만났고. 나 없는 사이에 집에 오지 말고 장모님 장인 어르신이랑 시간 보내고 있어. 그래, 당연한 걸 괜히 말했다. 도착하면 전화할게."

전화를 끊고 난 재건이 근심스레 한숨을 내쉬었다. 옆자리의 도준은 팔꿈치로 그의 허리를 쿡 찌르며 짓궂게 웃었다.

"수희 씨랑 며칠 떨어져 있으려니 괴로워 죽겠지?"

"그런 건 아니고. 휴가 내고 같이 갈 수 있었는데도 못 간다고 하니까. 더 브레스 온라인 때문에 단 며칠이라도 회사 비우기 힘들다면서."

재건이 뒷좌석의 부모님에게는 들리지 않도록 작은 소리로 말했다. 널찍한 밴 안에는 재건 외에도 명자와 석재, 도준과 태봉, 그리고 로드 매니저까지 총 6명이 탑승하고 있었다. 목적지는 중국행 비행기를 타기 위한 공항이다.

"어머니, 아버지. 뭐 잊으셨거나 불편하신 부분 없으시죠?"

"다 잘 챙겼다. 그런데 이거, 그 틴센트 픽쳐스 쪽에 너무 과하게 신세를 지는 거 아니냐? 나랑 네 엄마는 따로 조용히 갔어도 되었을 텐데."

석재의 말에 도준이 히죽 웃으며 끼어들었다.

"에이, 아버님. 재건이가 틴센트에 해준 게 얼만데요. 그런 걱정은 완전히 접어두세요. 재건이가 이만큼 받을 만하니까 받는 겁니다. 놓치기 싫어서요."

도준은 석재와 명자를 안심시킨 다음 재건에게 시선을 옮기며 말을 이었다.

"덕분에 저도 틴센트 픽쳐스 전용기 처음으로 타보게 되는 거 아니겠습니까."

"너도 처음이야?"

"어, 전세기야 수두룩하게 탔지만 전용기는 처음이다. 뭐, 그게 그거겠지만."

공항에 도착해서 수속을 밟는 과정도 평소와 달랐다. VIP 고객을 대상으로 수속 데스크가 따로 준비돼 있고 당연히 전용기 게이트도 별도였다.

재건 일행은 틴센트 픽쳐스 측에서 보내온 수행원의 안내에 따라 수월하게 전용기에 탑승했다.

"어머나, 전용기가 이런 거구나……!"

전용기에 올라탄 명자는 즉시 탄성을 터뜨렸다. 탑승 직전까지 긴장한 채로 입을 꾹 다물고 있었는데, 고급스러운 내부를 돌아보고 더 이상 참을 수가 없었던 것이다.

"내부를 둘러보시고 싶으시면 이륙한 후에 제가 안내를 해드리겠습니다."

"아유, 고맙습니다. 아닙니다, 제가 주책을 부려서 죄송합니다."

기장을 비롯한 승무원들이 이륙에 앞서 정중히 인사했다. 모두가 유창한 한국어를 구사할 줄 알았다. 이런 부분까지도 세심히 신경을 써준 사람은 아마도 린민홍 부장이리라.

재건은 속으로 웃으며 그에게 감사했다.

활주로를 힘차게 달린 끝에 전용기가 하늘 높이 떠올랐다. 안정 궤도에 오르자 아까의 승무원이 명자와 석재에게 내부 구경을 권했다.

석재는 대답이 없었고 명자는 재건의 눈치를 살폈다.

"한번 둘러보시고 오세요. 저는 도준이랑 이야기 좀 하고 있을게요."

"오호호, 그럼 그럴까. 잘 부탁드려요. 여보, 가 봅시다."

"거참, 뭘 또 그렇게 봐야겠다고……."

석재가 못 이기는 척 명자를 따라 일어섰다.

재건은 그들의 뒷모습을 바라보며 웃었다. 부모님이 즐거워하시는 모습을 보는 일은 언제나 행복하다.

"이거 라운지도 있다더라."

"그래?"

"샤워 시설이랑 객실도 제대로 구비돼 있던데. 중국까지 얼마 걸리지도 않아서 사용할 일이 없다는 게 아쉽네."

도준이 수염으로 살짝 까칠한 턱을 긁으며 말을 이었다.

"전용기가 좋긴 좋네. 한국에도 5대밖에 없다는 걸 하재건 덕분에 타보고."

"뭔 내 덕분이야. 우주 대스타가 있으니까 보내준 거지."

"그렇게 말해주니 체면이 서네. 아무튼 퍼스트 클래스보다 훨씬 낫다. 골 때리는 진상이 너무 많아."

"나는 몇 번 안 타봐서 딱히 그런 건 못 느꼈는데."

"라면이 맛없다고 다시 끓여 오라질 않나. 물수건이 왜 이리 뜨겁냐면서 내던지질 않나. 보는 내가 쪽팔려서. 승무원들이 무슨 죄라고 그렇게들 오만한지. 그런 놈들 보면 꼭 자기 돈 내고 탄 놈도 아니라고."

앞 열에 앉아 있던 태봉이 돌아보며 끼어들었다.

"그래서 도준이 한 번은 제대로 사고 칠 뻔했었어요, 하 작가님. 질풍노도 찍느라 한 번 탔을 때요. 제가 같이 안 있었으면 저 녀석 폭행으로 입건됐을지도 모릅니다."

"하하하, 설마요. 도준이가 말은 이렇게 해도 신중한데요."

"신중하다고요? 그렇게 좋게 생각해 주는 분 이 세상천지에 하 작가님밖에 안 계실 건데."

"형은 또 비싼 전용기 타서 왜 시비야?"

"아니야, 됐다. 내가 말을 말아야지, 어휴."

"뭘 또 말을 말아? 말을 하려면 끝까지 해야지 어휴는 뭔데? 재건이 앞에서 흉보면 좋아?"

도준이 발끈해서 따지고 들었고 태봉은 두 귀를 틀어막았다. 재건은 참을 수 없어서 목청껏 웃었다. 다른 손님들이 없어서 다행이었다.

이윽고 비행기가 베이징 서우두 국제공항에 도착했다. 착륙하자마자 승무원들은 앞다투어 다가와 도준과 재건에게 선물을 건넸다. 그들의 미모만큼이나 예쁘게 포장된 간식거리와 편지들이었다.

"아, 정말 고맙습니다. 잘 먹겠습니다."

미리 준비한 모양새여서 재건은 감동했다.

승무원들은 수줍게 웃으면서도 마지막까지 흐트러지는 일 없이 저마다의 역할을 완벽히 수행해 주었다.

"으음?"

문득 도준이 창밖을 내다보며 두 눈을 가늘게 떴다.

"왜 그래?"

"공항까지 너무 먼데? 왜 활주로 옆 허허벌판에서 멈췄지?"

의문은 금세 풀렸다.

문이 열리고 바깥을 내다보니 계단 아래로 린민홍이 보였다. 두 팔을 활짝 벌려 배웅하는 그를 보고 재건은 환히 웃었다.

"린민홍 부장님, 여기까지 나오셨어요? 게이트에서 뵙게 될 줄 알았는데 깜짝 놀랐습니다."

"틴센트 픽쳐스는 물론이고 중국으로서도 극진히 모셔야

할 손님이신데요. 당연히 제가 여기까지 나와 있어야지요. 베이징에 잘 오셨습니다, 하 선생님.”

린민홍은 재건에 이어 모두와 차례대로 인사를 마쳤다.

그의 등 뒤로는 검은색의 고급 대형 세단 2대가 나란히 대기하고 있었다. 두 손을 앞으로 모으고 선 운전기사들도 차와 꼭 같이 검은 정장 차림이었다.

“자, 그럼 타시지요.”

“타라고요……?”

어안이 벙벙해진 재건이 되물었다. 껑충한 키로 옆에 선 도준도 다를 바 없는 표정이었다.

“네, 피곤하실 테니 우선 호텔로 모시겠습니다.”

“아니, 린 부장님. 그렇다면 수속은……?”

재건은 린민홍이 경황이 없어 착각한 것이 아닐까 싶었다. 비행기에서 내렸으면 일단 입국 수속을 밟아야 하는 것이 당연한 순서 아닌가.

이제 와 생각해 보니 게이트가 아니라 활주로 안까지 린민홍의 차가 들어온 것도 기이했다.

린민홍이 미소 띤 얼굴로 말을 이었다.

“저희 쪽에서 알아서 조치해 두었습니다. 수속과 같은 번거로운 부분은 잊으시고 차에 오르십시오.”

“…….”

재건 일행은 더 말하지 못하고 두 대의 차에 나눠 몸을 실었다. 명자와 석재가 태봉의 안내로 앞차에 타고 뒤차에는 재건과 도준이 올라탔다.

차가 달리기 시작하자 도준이 호기심을 억누르지 못하고 물었다.

"린민홍 부장님, 이게 가능한 일입니까?"

"무슨 말씀이시지요?"

"저나 재건이나 평범한 시민인데요. 저희가 무슨 외교관 권한으로 중국을 방문한 것도 아니고 어떻게 이런 프리패스가 가능한 건지 이해가 안 돼서요."

대답하려는 린민홍보다 한발 앞서 도준은 덧붙였다.

"처음엔 마오옌 대표님께서 편의를 봐주신 건가 생각했거든요? 근데 실례되는 말씀일지 모르지만, 이런 일은 대표님한테도 어려운 부분 아닙니까? 적어도 제 상식에서는 그렇거든요."

곁의 재건은 가만히 고개를 주억거렸다. 안 그래도 몹시 의문스러운 상황이었는데 나서서 물어봐 준 도준이 고마웠다.

린민홍이 입술을 달싹이며 머뭇거린 끝에 답했다.

"하 선생님의 작품을 몹시 좋아하시는 분이 계십니다."

"제 작품을요?"

"그렇습니다. 그분께서 하 선생님을 위해 보이신 작은 성의라고 생각해 주시면 좋을 것 같습니다. 저도 그분에 대해서는 더 자세히 아는 바가 없으니 양해 부탁드립니다. 아마 마오옌 대표님께서 설명을 주실 겁니다."

린민홍이 정중하면서도 완곡하게 대답을 마쳤다. 도준도 재건도 차마 더 물어볼 수 없었다. 그저 재건은 은연중에 어렴풋이 느낄 뿐이었다. 오직 중국이어서 가능한 어떤 존재가 이 길의 끝에서 자신을 기다리고 있음을.

BIG LIFE

그와 같은 시각.

"왜 이렇게 안 나오지?"

"오늘 오는 거 맞아? 베이징행이라는 거 훼이크 아니냐고."

공항 내부는 가득 모인 기자들로 시끄러웠다. 재건과 도준의 방중 소식을 알고 찾아든 한국과 중국의 연예부 기자들이었다. 수십 명의 기자가 전용 게이트 앞은 물론 주요 통로 곳곳에서 이제나저제나 기다리고 있었다.

그 복잡한 입국장을 60대의 사내가 들어서고 있었다.

"으음, 이게 다 뭐지?"

이제 막 게이트를 통과해서 나온 사내는 한쪽 눈두덩을 찌푸렸다. 잔뜩 모인 기자들을 바라본 끝에 히죽 웃는 그는 국회의원 성득이었다.

"허허허, 이거 내가 오는 건 또 어떻게들 알고……."

성득이 기쁨을 주체하지 못하고 누런 이를 드러내며 웃었다. 꼭 만나고 싶은 사람이 있어 비공식적으로 조용히 중국을 찾은 참이었다.

한데 기자들이 어떻게 알고 이토록 잔뜩 자신을 맞아주러 나왔는지 절로 어깨가 으쓱해지는 성득이었다.

"여보게, 보좌관."

"네, 의원님."

뒤따르던 보좌관이 상체를 숙이고 귀를 바싹 기울였다. 성득은 가슴을 활짝 펴고 거드름 섞인 목소리로 말했다.

"국회의원 좋은 게 뭔지 알겠지? 내가 이 맛에 국위 선양하러 다니는 거 아닌가."

"하하, 네. 의원님. 이게 다 의원님의 인덕 아니겠습니까."

"아직도 다들 나를 발견하지 못한 것 같군. 기왕 이렇게 된 거 우리 기자들 수고 좀 덜어줘야지. 가세."

성득이 보좌관을 데리고 기자들의 무리 쪽으로 걸음을 내디뎠다. 한 걸음, 두 걸음, 세 걸음. 계속해서 다가가도 성득 쪽으로 시선을 주는 기자는 보이지 않았다.

"으음……?"

비로소 조금 이상한 낌새를 느낀 성득이 걸음을 멈추고 섰다. 자신을 알아보는 기자가 단 한 사람도 없는 것이다. 이들이 모두 정치인에게는 일말의 관심조차 없는 연예부 소속 기자라는 사실을 성득은 전혀 모르고 있었다.

바로 그 순간.

"야야! 쫑났어, 쫑! 그냥 나와!"

한 기자가 동료들에게 소리쳐 말했다.

성득도 자연스레 그쪽으로 고개를 돌렸다.

"쫑이라니?"

"수속 안 밟고 비행기에서 내리자마자 떴대. 호텔로 이동하라고, 빨리."

"뭐, 진짜? 아, 씨발."

기자들이 투덜거리면서도 우르르 자리를 뜨기 시작했다. 그 파도 한가운데에서 성득은 멍청히 서 있었다.

'아니? 4선 의원인 나도 이렇게 가고 있는데, 어느 대단한 놈이 왔기에 프리패스로 공항을 떠?'

의문은 오래 걸리지 않아 풀렸다. 바로 곁을 스치듯 지나가는 기자들의 말이 성득의 귓가로 파고들었다.

"하재건 작가님 진짜 출세하셨나 보네."

"그러게, 이런 게 진짜 국빈급 대우 아니야? 중국이니까 가능한 거겠지만."

"……?!"

성득은 소스라치게 놀라 손에 들고 있던 손수건을 떨어뜨렸다. 하재건이라는 이름에 직업이 작가인 사람은 한 명밖에 알지 못했다.

'하, 하재건? 하재건이라고……?'

성득의 얼굴이 뒤 닦은 휴지처럼 일그러졌다. 충분히 느끼고 있음에도 불구하고 도저히 표정을 관리할 수가 없었다. 발끝에서부터 솟구치는 모욕감으로 온몸이 벌벌 떨려오고 있었다.

"아, 뭐야. 아저씨, 비켜요."

"으억!"

두 기자가 짜증스럽게 성득을 밀쳐 내며 달려 나갔다. 하마터면 넘어질 뻔한 성득을 보좌관이 가까스로 부축해 주었다.

"무, 무슨 수로……!"

성득이 이를 갈 듯이 말하며 제 보좌관을 돌아보았다. 죄도 없는 보좌관은 애꿎게 겁을 먹고 고개를 떨어뜨린 채였다.

"무슨 수로 하재건이가 이런 대접을 받는 건가……?! 내가 아는 그 하재건 맞지? 중국에 누굴 만나러 왔길래! 이 나도 이렇게 나가고 있는데 한낱 작가 나부랭이가 무슨 수로!"

"저, 저도 그게 잘……."

성득이 용광로 불길처럼 뜨거운 콧김을 팍팍 내뿜었다. 중국에 첫발을 딛자마자 또 하재건 때문에 기분을 잡치고 말았다. 걸음을 할 수 있을 만큼 진정되기까지는 적잖은 시간이 소요되었다.

"제기랄! 아무튼 빨리 앞장서게."

"네, 네. 의원님, 그럼 어디로……."

대번에 성득이 두 눈을 까뒤집었다.

"뭘 쓸데없이 매번 멍청하게 묻고 있어! 우다왕 만나러 온 거잖아! 왕푸징 호텔로 가자고!"

"죄, 죄송합니다! 죄송합니다, 의원님!"

성득을 태운 차가 왕푸징 소재의 호텔을 향해 출발했다.

그가 호텔에 도착하기까지 절반 이상의 거리를 남겨둔 시각. 재건 일행은 짐을 풀고 여유롭게 식사를 하러 나가고 있었다.

"우리 아들하구 여기서 헤어져야겠네."

"뭘 또 그렇게 슬픈 표정을 하세요. 며칠 후에 다시 만날 건데. 아버지랑 좋은 곳 많이 다니시고 맛있는 거 많이 드세요."

점심 식사를 마친 뒤 재건은 부모님과 헤어졌다.

부모님이 틴센트 측의 안내로 중국 각지를 관광하는 동안, 재건은 도준과 더불어 '현대지존록' 관련 마케팅 업무를 소화하기로 얘기가 되어 있었다.

"그럼 선생님, 저녁 식사 때 다시 찾아뵙겠습니다."

"네, 부장님. 이따 뵙겠습니다."

린민홍이 나가고 문이 닫히자 재건은 비로소 침대 끝에 앉아 한숨 돌렸다. 객실은 거실과 응접실이 따로 분리된 구조의 널찍한 스위트룸이었다.

'혼자 숙박하기엔 과해.'

재건은 고개를 설레설레 내저었다.

그나마 이것도 좋은 방은 필요 없다고 사전에 여러 번 부탁해서 정해진 결과다. 린민홍은 도저히 이보다 더 아래 등급의 객실로는 재건을 대접할 수가 없었던 것이다.

"야, 룸이 뭐 이렇게 좁아?"

짐을 풀고 찾아든 도준의 첫말이었다. 방 안을 이리저리 기웃거리며 그는 기가 차다는 듯이 말을 이었다.

"나랑 태봉이 형 쓰는 방 절반도 안 되는 것 같은데."

"나는 혼자잖아. 그리고 이게 좁다니 말이 돼? 나 옛날에 살던 원룸 10개는 이어붙인 것 같은데."

"아무튼 방 크기는 됐고, 나가자."

"어딜 나가?"

까치발로 선 태봉이 도준의 어깨 위로 얼굴을 내밀며 끼어들었다.

"베이징 중심가 한번 안 가 보시겠어요? 저녁까지 시간도 꽤 남았으니 도준이랑 같이 한번 산책 삼아 가 보시죠."

"태봉이 형, 죄송한데 도준이랑 둘이서 다녀오세요. 저는 오늘 첫날이기도 하고 방에서 영화나 보고 있을게요."

도준과 태봉이 서로의 얼굴을 쳐다보았다. 눈짓을 교환한 끝에 고개를 끄덕이더니 태봉은 다시 말했다.

"그럼 저랑 도준이도 안 나갈게요. 들어가서 저녁까지 눈이나 좀 붙여야겠다."

"혹시라도 저 때문에 그러지 마시고 다녀오세요."

"아니요, 우리도 반반이었어요. 저도 전용기 타고 오면서 긴장했는지 조금 피곤하고요. 그럼 쉬세요, 하 작가님."

태봉이 제 방으로 돌아가고 도준은 남았다. 침대에 벌러덩 드러누운 도준이 천장의 샹들리에를 노려보며 푸념했다.

"아씨, 꼭 직접 확인하고 싶었는데."

"뭘?"

"현대지존록으로 물든 베이징 시내를 구경하고 싶었다고!"

도준이 세상을 전체를 끌어안듯 두 팔을 치켜들며 말을 이었다.

"어딜 봐도 현대지존록 광고가 두 눈에 들어오고, 오가는 사람들마다 현대지존록 얘기, 진천위 얘기, 월드 스타 박도준 얘기하는 걸 들으며 즐기고 싶었단 말이야."

재건이 응접실의 탁자에 앉으며 피식 웃었다.

그에 아랑곳없이 도준은 상상의 나래를 계속해서 펼쳐갔다.

"너랑 나랑 베이징 시내 나가서, 어? 잠시 쉬고 싶어져서 마침 눈에 보이는 카페에 들어갔어. 커피 한 잔씩 주문하고 앉아서 대화하고 있는데 어느 순간부터 주위에서 중국인들의 웅성거림이 시작되는 거지. 얘, 저기 봐. 현대지존록 주인공 아니야? 어머, 맞아. 박도준 같은데?"

"너 중국어 그 정도로 알아들을 수 있어?"

"아, 좀. 통역이 옆에 같이 있다고 가정해 진짜. 너는 꼭 중요하지도 않은 얘기로 이렇게 흐름을 끊어야 되겠어?"

"알았어, 미안하다. 계속해라."

"어디까지 했지. 그래, 그래서 하나둘씩 중국인들이 내게 다가와서 묻는 거지. 어설픈 영어로 박도준이 맞냐고 묻는 거야. 나는 멋쩍게 웃으며 고개를 끄덕일 거고 그 카페는 곧바로 난리가 나는 거지. 캬, 환호의 도가니탕. 바로 SNS에 올라가고 사람들 몰려오겠지. 중국 스케일이 한국이랑 비교가 되냐? 탈출하려면 우린 공권력의 힘을 빌려야만 할 거야.”

재건이 가방에서 펜과 노트를 꺼내다 말고 박수를 쳐 주었다.

‘현대지존록’이 완성되기까지 얼마나 많은 고생을 했을까. 도준의 노고를 생각하면 이 정도 생색이야 밤을 새워서라도 들어줄 수 있었다.

“하지만 너에게는 아무도 사인을 받지 않을 거야. 대부분 네 얼굴을 잘 모를 거거든. 그럼 난 그때 거들먹거리며 너한테 귓속말로 얘기하는 거지. 봤냐, 재건아? 내 월드 스타로서의 인지도가 이 정도야, 우리의 차이를 알겠니? 하고 말이야.”

도준이 저 혼자 박수를 치며 낄낄 웃음을 터뜨렸다.

그런 끝에 못내 아쉽다는 듯이 손가락을 딱 하고 튕기며 탄식했다.

“아오, 오늘 나가서 진짜 이랬어야 하는 건데.”

“정 그러면 지금이라도 나가자. 소원 성취시켜 줄게.”

“됐어, 너 보니까 이제 글 쓰려고 하는 것 같은데. 나도 방해 그만하고 일어나야지.”

도준이 몸을 벌떡 일으켰다. 어슬렁어슬렁 다가온 그는 재건의 등 뒤에 서서 책상 위를 내려다보았다. 노트 위에 허름한 만년필이 비스듬히 놓여 있었다.

“전에 양잉한테 받았던 그 비싼 만년필은 어디 갔냐?”

“아버지 드렸어. 내가 쓸데가 있어야지.”

“쓸데가 없기는. 지금도 쓰고 있잖아, 만년필.”

재건이 서건우의 만년필을 손가락 사이에 쥐며 웃었다.

“그냥 소설 구상할 때 이 만년필을 쓰면 떠오르는 게 많아지는 느낌이어서. 오래 쓰기도 했고.”

“나름 추억이 있나 보네.”

도준의 시선이 만년필을 떠나 노트로 옮겨갔다.

겉면에 적힌 ‘커다란 삶’이란 제목을 들여다보면서 그는 중얼거렸다.

“빅 라이프.”

“어?”

“영어로 하면 빅 라이프 아니냐?”

“음, 그렇지.”

“무슨 내용인지는 네가 안 보여줘서 모르겠지만 어차피 또 전 세계로 출간될 거 아니야. 그냥 지금부터 제목을 빅 라이프라고 정해. 출간되면 앞면에 꼭 적어라. 제목 지어준 박도준에게 고맙다고.”

“완성될지도 미지수야.”

“아무튼 나도 졸려서 좀 자고 와야겠다.”

도준이 상체를 좌우로 꺾으며 스트레칭을 하고는 돌아섰

다. 문을 나서기 직전 그는 한마디 덧붙였다.

"오늘 저녁 식사 때 대단한 사람이 나타날 것 같다."

"대단한 사람? 예를 들면?"

"너랑 내가 수속도 안 밟고 공항을 나올 수 있도록 만들어 줄 수 있는 그런 사람."

"난 또 무슨 얘기라고. 그만 가서 눈이나 붙여."

도준이 돌아가고 방 안이 다시금 고요해졌다.

재건은 허름한 만년필을 손에 쥐고 노트를 펼쳤다. 오늘 저녁 식사를 비롯해 잡념은 모조리 잊었다. 서건우가 채우지 못한 여백을 구상하기 시작한 머릿속에는 오로지 '커다란 삶' 뿐이었다.

BIG LIFE

호텔 1층에 위치한 대형 라운지.

성득은 수많은 손님이 오가는 커뮤널 바의 한끝에 멀거니 앉아 있었다. 주문한 칵테일은 얼음이 다 녹도록 입 한 번 대지 않은 상태였다.

"아직도 소식이 없나?"

"네, 의원님."

"제길, 뭐 이렇게 늦는 거야?"

성득이 손목을 들어 방금 확인한 시간을 또 확인하며 툴툴거렸다. 곁에 앉은 보좌관은 속으로 혀를 끌끌 찼다. 약속을 하고 찾아온 것도 아니다. 따지자면 예의에 어긋난 급습이다. 상대방이 늦는다고 투덜거릴 수 있는 계제가 애초에 아닌 것이다.

'우리 성득이 불쌍하네. 4선 의원으로서 체면 다 구겨지고 있네, 아이구 불쌍해라.'

보좌관이 속으로 통렬한 야유를 보냈다. 바로 그 순간 성득이 예고도 없이 고개를 홱 돌려 쳐다보았다. 보좌관은 너무도 놀라 자기도 모르게 딸꾹질을 꺽 하고 해버렸다.

"반드시 만나야 돼……!"

"네? 끅, 아 네. 의원님."

"한중 문화 수교의 선봉장은 내가 되어야 한다고. 오늘 우다왕을 만나지 못하면 언제 또 기회가 올지 몰라. 이 일만 제대로 성사되면 차기 대선까지 내 든든한 커리어가 되어줄 것이야."

"지당하신 말씀이십니다."

"정치가 다 거기서 거기지 비싸게 굴긴. 명색이 4선 의원인 내가 저 하나 만나려고 이렇게까지 찾아왔는데 내치지는 않겠지. 국익을 위해 힘쓰는 이 마음을 반의반이라도 헤아려줘야 할 거 아닌가."

이 말만큼은 덮어놓고 맞장구를 쳐 줄 수가 없는 보좌관이었다. 차마 양심에 걸려 도저히 목소리가 나오질 않았다.

이제 내년이면 한중 문화 수교를 기념하는 사업을 도모할 시기다. 유명무실한 행사로 그칠 것이 아니라 또렷한 보탬이 되는 사업을 하자는 것이 양국의 공통된 생각이었다. 한중 공동 투자 콘텐츠 사업이란 형태와 취지는 이로부터 생겨났다.

이러한 상황에 문방위 소속 의원인 성득은 일거양득을 노리고 있었다. 정치인으로서의 입지를 공고히 굳히는 동시에 재물까지 손안에 넣을 수 있는 계책이었다.

'다오기술 자회사와 계약만 성공시키면……!'

국가 재정의 요람에 드러누울 왕이 될 생각만으로도 웃음을 주체할 수 없는 성득이었다.

그의 음험한 미소는 맞은편에 두 남자가 앉기 직전까지 멈추지 못했다.

"다른 데로 가자, 재건아."

"그래."

재건과 도준이 자리를 옮기려 일어섰다. 그러나 몸을 채 일으키기도 전에 성득에게 발각되었다. 성득은 두 눈을 부릅뜬 채 한동안 말도 없더니 겨우 입을 떼었다.

"자네들…… 여긴 어쩐 일로?"

재건이 영혼 없는 얼굴로 예의상 고개만 까닥해 보였다. 옆에 앉은 도준은 그마저도 하지 않았다.

성득은 불쾌한 속을 숨기고 태연스레 말했다.

"아, 그래. 내가 오는 길에 신문을 보았지. 현대지존록 무대 인사 때문에 중국에 왔다고?"

"……."

"이 호텔에서 묵는 건가? 그런데 이 호텔은 좀…… 우리 하 작가는 세간에 겸손한 이미지로 비쳐야 할 텐데. 해외 나가서 나라 망신이나 시킨다는 얘기라도 나오면 어쩌려고 이런 곳에 묵었나그래."

나무라듯 말하고 난 성득은 상체까지 한 차례 들썩이며 온몸으로 비아냥거렸다.

화가 난 도준이 일어서려는 것을 조용히 붙잡으며 재건은 대꾸했다.

"제가 예약한 것이 아니라 업체에서 정해준 숙소입니다."

"흠, 그런가? 뭐 상관이야 있나 싶지만."

"적어도 나랏돈으로 숙박하는 것은 아니니까 안심해도 될 것 같습니다."

"……?!"

정곡을 찔린 성득이 발끈해서 재건을 노려보았다. 언뜻 예의 바른 말투 속에 숨겨진 자신을 향한 조롱을 모를 수가 없었다. 불끈 쥔 두 주먹은 당장에라도 바를 내리찍을 것 같은 기세였다.

바로 그때.

“의원님, 지금 막 들어오셨다고 합니다.”

“그래? 크으…… 이보게, 하 작가. 내 지금 공사가 다망해서 일어나네만 다음에 꼭 한번 다시 만나세.”

성득은 즉시 보좌관과 통역을 따라 바를 나섰다.

호텔 정문을 통해 들어오는 한 무리의 중국인이 시야에 포착되었다. 성득의 목표인 단신의 깡마른 남자는 류바우 중앙선전부장과 나란히 걸어오고 있었다.

성득이 즉시 그들의 앞으로 다가가 섰다. 그리고 두 손을 가슴 앞으로 모으며 놀란 척 인사를 건넸다.

“아니, 여기서들 뵙게 될 줄이야. 저 한국 국회의원 권성득입니다. 류바우 부장님도 그렇고 이렇게 다시 인사를 드리게 될 줄은 몰랐습니다.”

준비한 대사를 마치자마자 성득은 눈짓으로 통역을 재촉했다. 우두커니 서서 듣고 난 상대는 온화하게 웃으며 중국어로 대꾸했다. 그러더니 손을 뻗어 악수를 청했다. 성득은 얘기가 잘되는 줄 알고 황송한 얼굴로 상대의 손을 맞잡았다.

"정말 뵙게 돼서 몹시 기쁩니다. 이렇게 마주친 것도 인연인 만큼 조용히 양국의 이익을 도모할 자리를…… 으음?"

말이 채 끝나기도 전에 상대가 손을 놓고는 지나쳐 갔다. 일면식이 있는 류바우마저 표정으로만 미안함을 전하고는 뒤따라 멀어져 갔다. 성득은 닭 쫓던 개 쳐다보듯 어이없어하며 통역에게 물었다.

"방금 우다왕이 내게 뭐라고 한 건가?"

"무척 죄송스럽게도 오늘은 일정이 빠듯한 데다 다음에 공식적인 자리에서 이야기를 하는 편이 좋겠다고……."

성득의 얼굴에서 거짓말처럼 핏기가 쫙 가셨다.

"방금 우다왕이 나한테 그렇게 말했다고?"

"네, 아주 중요한 손님이 와 계신다고 합니다."

"그게 무슨 소린가? 주, 중요한 손님이라니? 이 나는 중요한 손님이 될 수 없다는 말인가?"

공항에서 느꼈던 불쾌감이 다시금 버럭 치솟는 성득이었다. 어디에서건 자신이 중심에 놓여야만 하는데 중국에 와서는 계속 주변인으로 겉돌고만 있는 것이다.

'아니……?!'

의문에 관한 답은 금세 나왔다. 라운지에서 재건이 나오고 있었다. 도준과 둘만이 아니라 여러 중국인과 함께였다.

류바우와 웃으며 대화를 나누는 재건을 보고 성득은 온몸의 피가 역류하는 것만 같았다.

"우다왕이…… 우다왕이 왜?"

자문하는 성득은 이미 깨달았다. 공항에서의 프리패스 사건에서부터 알아차렸어야 했다. 비틀거리는 그의 좌우를 보좌관과 통역이 재빨리 붙잡고 있었다.

BIG LIFE

"검열은 어디까지나 독자의 몫이라……."

저녁 식사를 마치고 돌아오는 차 안.

60대의 남자는 멀거니 창밖을 바라보며 재건으로부터 들은 말을 곱씹고 있었다. 저녁 식사에서는 한싼핑이라는 이름의 콘텐츠 산업 기술인이었으나 이제는 다시 본래의 우다왕으로 되돌아와 있었다.

"공산당원으로서는 입에 담기도 힘든 이상적인 얘기로군."

"하재건 작가가 했던 말이군요, 상무위원 동지. 너무 귀담아듣지 마십시오. 문화를 바라보는 양국의 입장 자체가 다릅니다."

오늘 우다왕은 문화를 보는 시각에 관해 재건과 상당한 대화를 나누었다. 그가 물을 때마다 재건은 수줍어하면서도 소신 있게 견해를 밝혔다. 그런 재건의 태도는 언제 어디서건 할 말은 해야 한다는 모토의 우다왕을 몹시 만족시켰다.

"하지만 틀린 말은 아니지요, 선전부장 동지."

우다왕이 시선을 내리깔았다. 무릎 위에는 '멍청한 여자'에서부터 '악의'에 이르기까지 여러 권의 책이 놓여 있었다. 몇 권의 책은 하도 많이 읽어 몹시 낡았다. 오늘 그는 이 모든 책에 재건의 친필 사인을 받았다.

"나는 한국의 콘텐츠가 필요 없다고 생각했소."

"……?"

"보시오, 부장 동지. 우리나라 인구가 대체 몇인가. 그 작은 나라에서 좋은 콘텐츠가 나와봤자 얼마나 나올 것이며, 또 공동 투자로 양국이 함께 사업을 진행한다고 해도 얼마만큼의 효율이 나올 것인지 의심스러웠단 말이오. 아쉬울 것도 없고 손해를 봐도 우리가 보리라는 입장이었지. 부장 동지도 나와 비슷한 생각 아니오?"

"네, 상무위원 동지. 제 소견으로도 그렇습니다."

류바우가 고개를 한껏 조아리며 대답했다.

서로를 동지라고 부르고 있지만 같은 것은 어디까지나 호칭일 뿐이다. 우다왕은 자신과 급 자체가 다른 인물이다.

우다왕이 창밖을 바라보던 시선을 거둬들이고 말을 이었다.

"하지만 내 생각이 조금은 틀린 것 같소. 이제 우리나라의 콘텐츠 산업도 양보다 질을 우선시할 때가 도래하지 않았나 싶다는 얘기요."

"네, 동지……. 무슨 말씀이신지 알 것도 같습니다."

우다왕이 펜과 노트를 꺼내 들었다. 재건이 해준 말들을 차분히 메모하기 위해서였다. 노트 첫 장을 펼치면서 그는 류바우에게 던지듯이 말했다.

"금일부로 정치국 황바이밍에게 동지 호칭을 생략하시오."

"……?!"

류바우는 목젖이 보이도록 입을 떡하니 벌렸다. 통상적으로 사용되는 당원의 호칭이다.

이것을 금지시킨다는 우다왕의 말은 곧 엄중한 처벌이 있음을 시사하고 있었다.

"그자가 권성득의 중국통이야. 이거 동지라고 불러줘야 되겠소, 안 되겠소?"

"무, 물론……! 물론 안 됩니다, 상무위원 동지!"

"혹시 알고 계셨소?"

"그, 그럴 리가 있겠습니까! 맹세코 절대로, 절대로 몰랐습니다! 지, 지, 지, 지금 처음 알게 된 사, 사실……!"

"그래요, 이제 메모 좀 하게 조용히 가십시다."

우다왕이 무표정한 얼굴로 노트 위에 펜을 놀리기 시작했다. 바로 옆에 허리를 펴고 앉은 류바우는 숨조차 제대로 쉴 수가 없었다.

to be continued

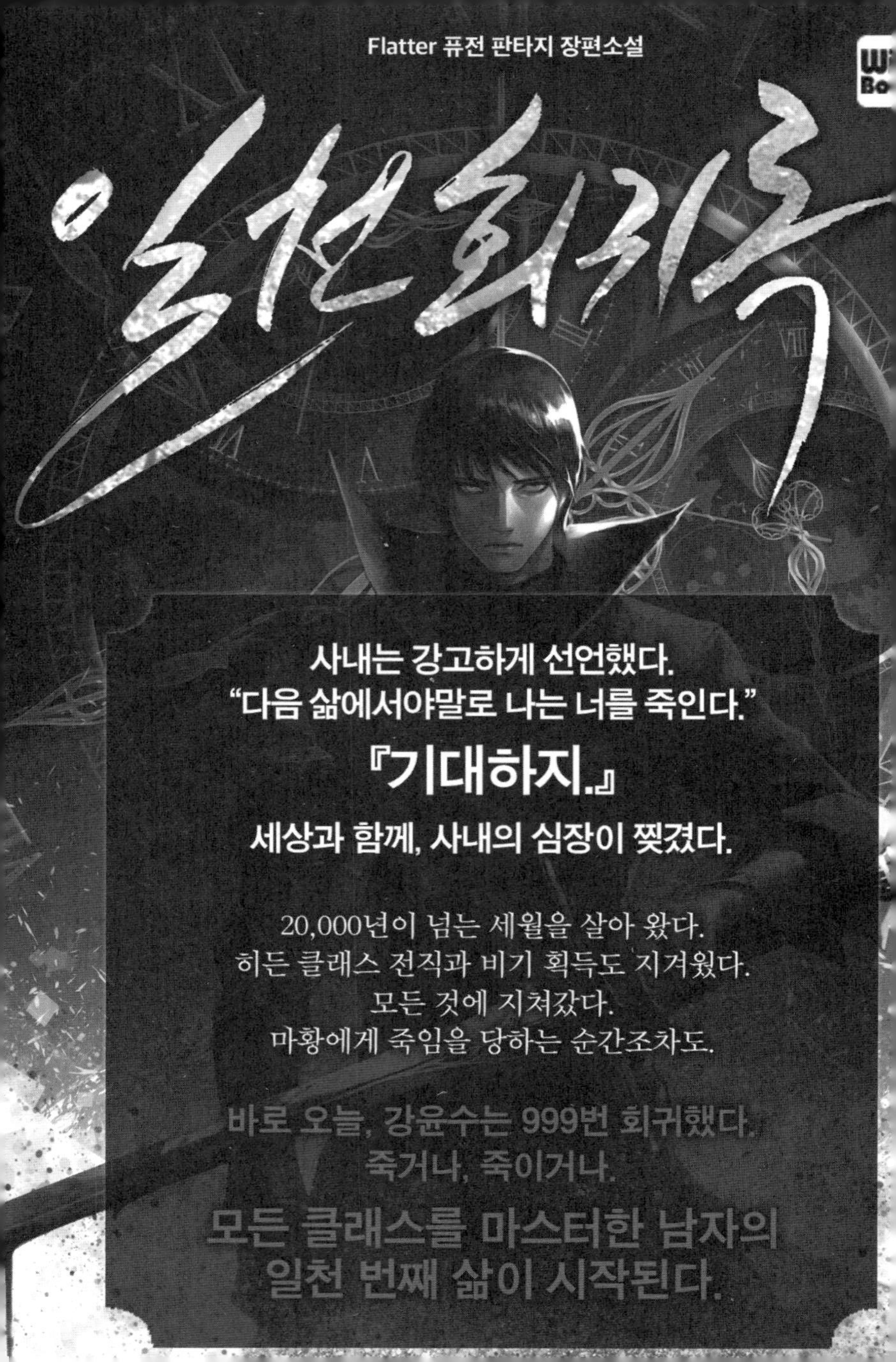
Flatter 퓨전 판타지 장편소설
일천회귀
사내는 강고하게 선언했다.
"다음 삶에서야말로 나는 너를 죽인다."
『기대하지.』
세상과 함께, 사내의 심장이 찢겼다.
20,000년이 넘는 세월을 살아 왔다.
히든 클래스 전직과 비기 획득도 지겨웠다.
모든 것에 지쳐갔다.
마황에게 죽임을 당하는 순간조차도.
바로 오늘, 강운수는 999번 회귀했다.
죽거나, 죽이거나.
모든 클래스를 마스터한 남자의
일천 번째 삶이 시작된다.